세 마리 토끼 잡는 독서논술

저자: 지에밥 창작연구소_

'지에밥'은 '찐 밥'이라는 뜻을 가진 순우리말로, 감주 · 막걸리 · 인절미 등 각종 음식의 재료를 뜻합니다.
'지에밥 창작연구소'는 차지고 윤기 나는 밥을 짓는 어머니의 정성처럼 좋은 내용으로 세상 모든 사람들에게 넉넉하게 쓰일 수 있는 지혜를 선물하고 싶습니다.

이 책을 쓴 지에밥 연구원들_

강영주(지에밥 창작연구소 소장, 빨간펜 논술, 기탄 국어 등 기획 개발), 김경선(동화작가 및 기획 편집자), 김혜란(동화작가, 아동문학가협회 회원), 왕입분(동화작가 및 기획 편집자), 우현옥(동화작가), 이현정(동화작가), 이혜수(기획 편집자), 이현정(동화작가 및 기획 편집자), 정성란(동화작가), 조은정(동화작가 및 기획 편집자), 최성옥(기획 편집자), 한현주(동화작가), 한화주(동화작가), 홍기운(동화작가 및 기획 편집자)

이 책을 감수한 선생님들_

권영민(서울대학교 국어국문학과 교수), 홍준의(서원대학교 과학교육과 교수), 김병구(숙명여자대학교 의사소통센터 교수), 문영진(전북대학교 국어교육과 교수), 조현일(원광대학교 국어교육과 교수), 김건우(대전대학교 국어국문학과 교수), 유호종(서울대학교 철학박사), 구자송(상암고등학교 국어 교사), 김영근(서울과학고등학교 국어 교사), 최영환(여의도고등학교 국어 교사), 구자관(한성과학고등학교 국어 교사), 윤성원(한성과학고등학교 국어 교사), 장원영(세화고등학교 역사 교사), 박영희(대왕중학교 과학 교사), 심선희(서울고등학교 과학 교사), 한문정(숙명여자고등학교 과학 교사)

세 마리 토끼 잡는 독서 논술 A4권

펴낸날 2023년 7월 15일 개정판 제10쇄

지은이 지에밥 창작연구소 | **연구원** 김지연, 조은정, 이자원, 차혜원, 박수희 | **펴낸이** 주민홍 | **펴낸곳** ㈜NE능률 | **디자인** framewalk | **삽화** 김석류(표지, 캐릭터) | **영업** 한기영, 이경구, 박인규, 정철교, 김남준, 이우현 | **마케팅** 박혜선, 남경진, 이지원, 김여진 | **주소** 서울특별시 마포구 월드컵북로 396(상암동) 누리꿈스퀘어 비즈니스타워 10층(우편번호 03925) | **전화** (02)2014-7114 | **팩스** (02)3142-0356 | **홈페이지** www.nebooks.co.kr | **출판등록**제1-68호

ISBN 979-11-253-3080-6 | 979-11-253-3111-7 (set)

펴낸날 2012년 3월 1일 1판 1쇄

기획 개발 지에밥 창작연구소 | **디자인 기획 진행** 고정선 | **디자인** 유정아, 박지인, 이가영, 김지희 | **삽화** 오유선, 안준석, 정현정, 윤은하, 김민석, 윤찬진, 정효빈, 김승민

제조년월 2023년 7월 **제조사명** ㈜NE능률 **제조국** 대한민국 **사용 연령** 8~9세

Copyright©2019. 이 책의 저작권은 ㈜NE능률에게 있습니다.
내용의 일부 또는 전체를 사용하려면 미리 출판사의 동의를 얻어야 합니다.
※ 파본은 구매처에서 교환 가능합니다.

〈세 마리 토끼 잡는 독서 논술〉을 펴내며

하루하루 성장하는 내 아이의 모습을 확인하길 바라며

프랑스의 유명한 정신 분석학자이자 철학자인 라캉은 인간이 성장한다는 것은 '상징계'에 편입되는 것이라고 말했습니다. 그가 말한 상징계란 '언어를 매개로 소통하는 체계'를 의미하는데, 우리가 살아가는 세상 혹은 사회가 바로 그것입니다. 결국 한 아이가 태어나서 정신적으로 성장하는 아동기에서 가장 중요한 것은 언어로 소통하는 능력을 키우는 일입니다. 〈세 마리 토끼 잡는 독서 논술〉은 이와 같은 점에 주목하여 기획하고 구성하였습니다.

첫째, 문자 언어를 비롯하여 그림, 도표 등 다양한 상징체계를 이해하는 과정을 통해 통합적인 언어 이해력을 키울 수 있도록 하였습니다.

둘째, 텍스트 이해력뿐만 아니라 추론 능력, 구성(표현) 능력, 비판적 사고 능력 등을 통합적으로 길러서 여러 가지 문제를 해결하는 데 실질적으로 도움이 될 수 있도록 하였습니다.

셋째, 초등 교육과정의 핵심 내용과 밀접하게 연계되도록 설계하였습니다.

부모님보다 더 훌륭한 스승은 없습니다. 〈세 마리 토끼 잡는 독서 논술〉은 부모님 이외의 다른 어떤 선생님도 필요 없습니다. 이 학습 프로그램을 통해서 하루하루 성장하는 내 아이의 모습을 확인하는 기쁨을 누리시길 바랍니다.

세 마리 토끼 잡는 독서 논술 이란?

어떤 책인가요?

하나의 주제와 관련된 다양한 글(동화, 시, 수필, 만화, 논설문, 설명문, 전기문 등)을 읽고 통합 교과적인 문제를 풀면서 감각적 언어 능력(작품의 이해와 감상)과 논리적 이해 능력(비문학의 구조, 추론, 적용 등), 국어 지식(어휘, 문법 등), 사회와 과학 내용 등을 통합적으로 익히는 독서 논술 프로그램 학습지입니다.

몇 단계, 몇 권인가요?

〈세 마리 토끼 잡는 독서 논술〉은 다음과 같이 총 5단계, 25권입니다.

단계	P단계	A단계	B단계	C단계	D단계
대상 학년	유아~초등 1년	초등 1년~2년	초등 2년~3년	초등 3년~4년	초등 5년~6년
권 수	5권	5권	5권	5권	5권

세 마리 토끼란?

'독서', '사고', '통합 교과'의 세 가지 영역을 말합니다. 즉, 한 권의 독서 논술 책으로 다양한 장르의 글을 읽을 수 있고, 논술 문제를 풀면서 사고력을 기를 수 있으며, 초등학교 주요 교과 내용과 연계된 문제를 풀면서 통합 교과 학습을 할 수 있습니다.

* 각 단계에 맞게 초등학교의 주요 교과 내용을 주제로 정함.
* 각 권의 주제와 관련된 글을 언어, 사회, 과학 등으로 나누어 읽을 수 있음.

* 언어, 사회, 과학 등과 관련된 다양한 장르의 글을 읽고 논술 문제를 풀면서 생각하는 능력과 생각하는 폭을 확장할 수 있음.

* 다양한 장르의 글을 읽고 초등학교 국어, 사회, 과학 등의 학습 내용과 관련된 문제를 풀면서 통합 교과 학습을 할 수 있음.

하루에 세 장씩 꾸준히 학습하면 세 마리 토끼를 잡을 수 있어요.

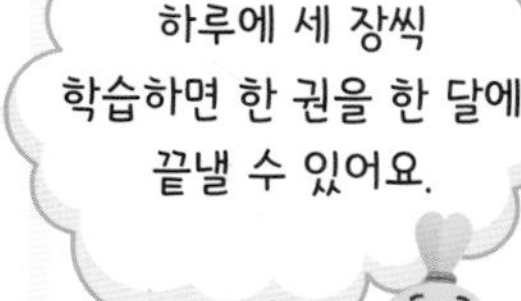

하루에 세 장씩 학습하면 한 권을 한 달에 끝낼 수 있어요.

세 마리 토끼 잡는 독서논술 이런 점이 다릅니다

초등학교 교과 내용과 긴밀하게 연결되어 있습니다.

각 단계의 권별 내용과 문제는 그 단계에 맞는 학년의 주요 교과 내용과 긴밀하게 연결되어 교과 학습에 도움을 줍니다.

하나의 주제를 통합 교과적으로 접근합니다.

각 권마다 하나의 주제가 있고, 그 주제를 언어, 사회, 과학과 연결시켜서 사고를 확장할 수 있게 하였습니다. 그리고 여러 교과와 연계된 문제를 풀면서 통합 교과적인 사고를 할 수 있습니다.

다양한 서술·논술형 문제를 풀 수 있습니다.

매 페이지마다 통합 교과 논술 문제를 제시하여 생각하는 힘과 표현력을 키울 수 있는 것은 물론 학교 시험에서 강화되고 있는 서술 · 논술형 문제에 대비할 수 있습니다.

다양한 장르의 글을 접할 수 있습니다.

각 주제와 관련된 명작 동화, 창작 동화, 전래 동화, 설화, 설명문, 논설문, 수필, 시, 만화, 전기문 등 다양한 장르의 글을 읽으면서 각 장르의 특성을 체험하며 독서하는 습관을 기를 수 있습니다. 특히 현재 왕성하게 활동하고 있는 여러 동화 작가의 뛰어난 창작 동화가 20여 편 수록되어 있습니다.

수준 높은 그림을 많이 제시하여 흥미롭게 학습할 수 있습니다.

어린이들은 글과 그림이 조화를 이룬 책으로 공부할 때 학습 효과를 높일 수 있습니다. 또한 좋은 그림은 어린이들의 정서 발달에 도움을 줍니다. 이런 점을 생각하여 한 페이지를 넘길 때마다 수준 높은 그림을 제시하여 어린이들이 흥미롭게 학습할 수 있도록 하였습니다.

교재의 구성

세 마리 토끼 잡는 독서논술 은 이렇게 구성되었습니다

독서 전 활동 생각 열기

★ 한 주의 학습을 시작하기 전에 주제와 관련된 사진이나 그림을 보고, 앞으로 학습할 내용에 대해 흥미를 가질 수 있도록 하였습니다.

★ '생각 톡톡'의 문제를 풀면서 주제에 대한 자신의 경험이나 평소 생각을 돌이켜 보며 앞으로 학습할 내용을 짐작할 수 있도록 하였습니다.

★ 통합 교과 활동과 이어질 교과서의 연계 교과를 보며 교과 내용을 참고할 수 있도록 하였습니다.

독서 중 활동 깊고 넓게 생각하기

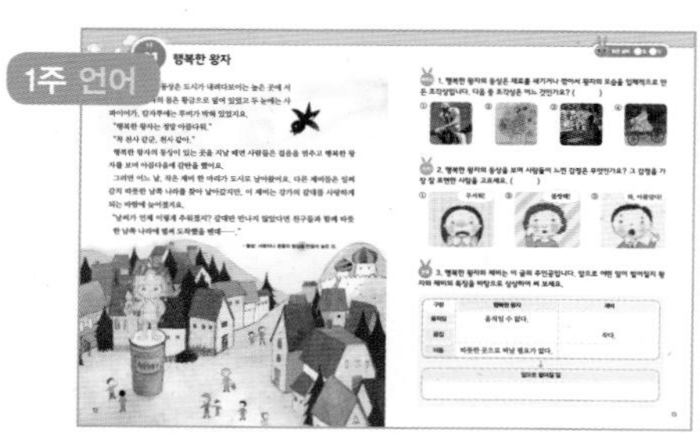

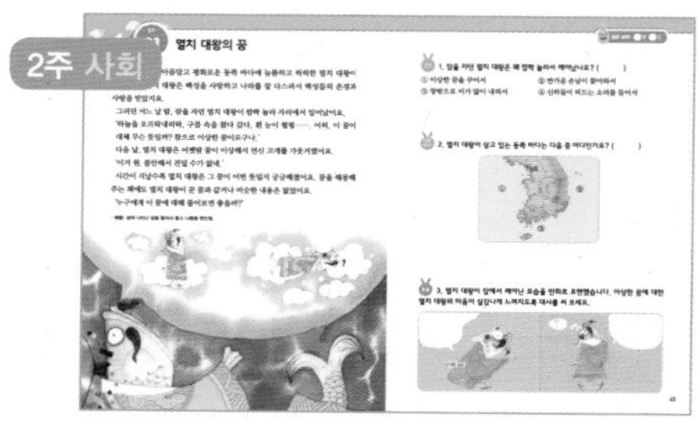

★ 한 권에 하나의 주제가 있고, 그 주제를 언어, 사회, 과학으로 나누어서 다양한 장르의 글을 읽으며 통합 교과 문제와 논술 문제를 풀 수 있도록 구성하였습니다.

★ 1주는 언어, 2주는 사회, 3주는 과학과 관련된 제재로 구성하였고, 4주는 초등 교과에서 다루고 있는 여러 가지 장르별 글쓰기(일기, 동시, 관찰 기록문, 기행문, 독서 감상문, 기사문, 논설문, 설명문, 희곡 등)와 명화 감상, 체험 학습 등의 통합 교과 활동으로 구성하였습니다.

독서 후 활동 생각 정리하기

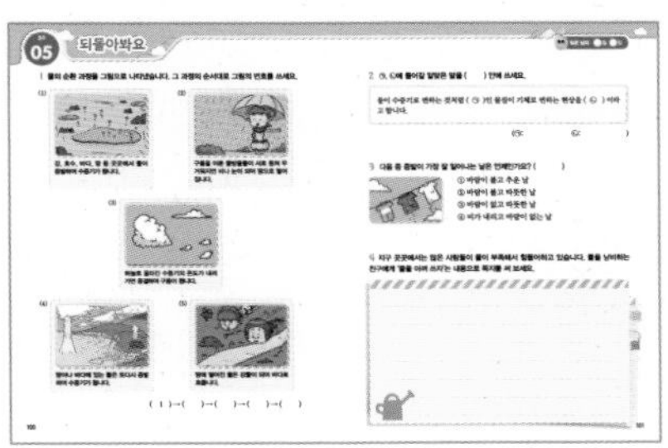

되돌아봐요

★ 앞에서 읽은 글을 돌이켜 보면서 이야기의 흐름과 중심 생각을 파악하고, 더 나아가 자신의 생각을 발전시키는 문제를 풀 수 있도록 하였습니다. 이를 통해 한 주 동안 읽고 생각한 내용을 머릿속에서 차근차근 정리할 수 있습니다.

내가 할래요

★ 주제와 관련된 여러 가지 활동을 하며 한 주의 학습을 마무리할 수 있도록 하였습니다. 종이접기, 편지 쓰기, 그림 그리기 등 재미있는 활동을 하며 창의력과 상상력을 키울 수 있습니다.

★ 한 주의 학습이 끝난 다음 체크 리스트를 통해 학습한 주요 내용을 잘 이해하고 적용할 수 있는지 평가할 수 있습니다.

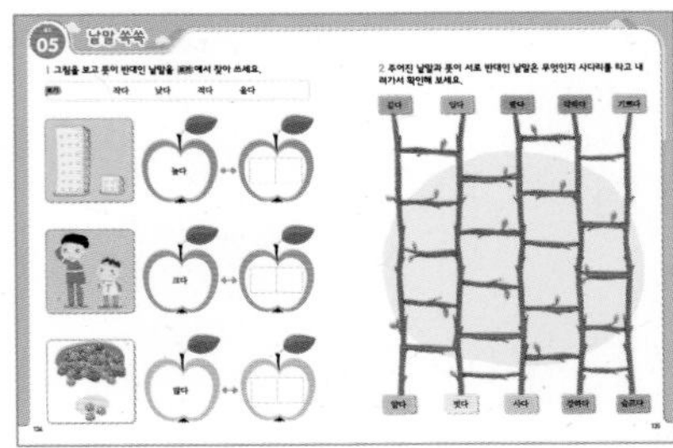

낱말 쏙쏙 (유아 P단계)

★ 한 주 동안 글을 읽으며 새로이 배운 낱말들을 그림과 더불어 살펴보고 익힐 수 있습니다.

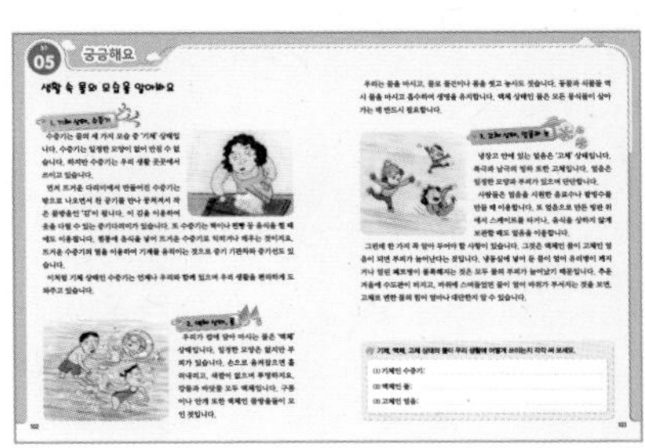

궁금해요 (초등 A~D단계)

★ 한 주 동안 읽은 글이나 주제와 관련된 배경지식을 제공하여 앞에서 학습한 내용을 좀 더 깊이 이해할 수 있습니다.

전 단계 커리큘럼

세 마리 토끼 잡는 독서 논술의 커리큘럼

단계	권	주제	제재			
			언어(1주)	사회(2주)	과학(3주)	통합 활동 장르별 글쓰기(4주)
P (유아 ~초1)	1	나의 몸 살피기	뾰족성의 거울 왕비	주먹이	구슬아, 어디로 가니?	몸 튼튼, 마음 튼튼
	2	예절 지키기	여우와 두루미	고양이가 달라졌어요	비비네 집으로 놀러 와!	안녕하세요?
	3	친구와 사귀기	하얀 토끼, 까만 토끼	오성과 한음	내 친구를 자랑합니다!	거꾸로 도깨비 나라
	4	상상의 즐거움	헤라클레스의 모험	용용 죽겠지?	나는야 좋은 바이러스	상상이 날개를 달았어요
	5	정리와 준비의 필요성	지우개야, 고마워!	소가 된 게으름뱅이	개미 때문에, 안 돼~!	색깔아, 모양아! 여기 모여라!
A (초1 ~초2)	1	스스로 하기	내가 해 볼래요!	탈무드로 알아보는 스스로 하는 힘	우리도 스스로 잘 살아요	일기를 써 봐요
	2	가족의 소중함	파랑새	곰이 된 아빠	동물들의 특별한 아기 기르기	편지를 써 봐요
	3	놀이의 즐거움	꼬부랑 할머니와 흰 눈썹 호랑이	한 번도 못 해 본 놀이	동물 친구들도 노는 게 좋대요	머리가 좋아지는 똑똑한 놀이
	4	계절의 멋	하늘 공주가 그린 사계절	눈의 여왕	나뭇잎을 관찰해요	동시를 써 봐요
	5	자연 보호	세모산 솔이	꿀벌 마야의 모험	파브르 곤충기 (송장벌레)	관찰 기록문을 써 봐요
B (초2 ~초3)	1	학교생활	사랑의 학교	섬마을 학교가 좋아졌어요	우리 반 사고뭉치 기동이	소개하는 글을 써 봐요
	2	호기심 과학	불개 이야기	시턴 "동물기" (위대한 통신 비둘기 아노스)	물을 훔쳐 간 범인을 찾아라!	안내하는 글을 써 봐요
	3	여행의 즐거움	하나의 빨간 모자	15소년 표류기	갯벌 탐사 여행	기행문을 써 봐요
	4	즐거운 책 읽기	행복한 왕자	멸치 대왕의 꿈	물의 여행	독서 감상문을 써 봐요
	5	박물관 나들이	민속 박물관에는 팡이가 산다	재미있는 세계 이야기 박물관	과학관으로 놀러 오세요	광고하는 글을 써 봐요

단계	권	주제	제재			
			언어(1주)	사회(2주)	과학(3주)	통합 활동 장르별 글쓰기(4주)
C (초3 ~초4)	1	교통의 발달	자동차의 왕, 헨리 포드	당나귀를 타려다가……	교통수단, 사람들 사이를 잇다	명화 속 교통수단
	2	날씨와 환경	그리스 로마 신화	북극 소년 피터	생활 속 과학	날씨와 생활
	3	나누며 사는 삶	마더 테레사	민들레 국숫집	지진과 화산	주장하는 글을 써 봐요
	4	지역의 자연환경	울산 바위의 유래	우리 마을이 최고야!	아름다운 우리 고장	우리 마을 지도를 그려 봐요
	5	지역의 문화	준치가 메기 된 날	강릉의 딸, 겨레의 어머니 신사임당	우리나라 풀꽃 이야기	지역 특산물을 소개해 봐요
D (초5 ~초6)	1	우리 역사	삼국유사	옛날 사람들은 어떻게 살았을까?	역사를 바꾼 겨레 과학	지붕 없는 박물관, 경주 역사 유적 지구
	2	문화재	반야산 불상의 전설	난중일기	우리 문화에 숨어 있는 과학	설명하는 글은 어떻게 쓸까요?
	3	경제생활	탈무드로 만나는 경제	나눔을 실천한 기업가 유일한	재미있는 확률 이야기	기사문은 어떻게 쓸까요?
	4	정보화 사회	컴퓨터 천재 빌 게이츠	봉수와 파발	컴퓨터와 인터넷 세상	연설문은 어떻게 쓸까요?
	5	세계와 우주	우주를 여행하는 과학자 스티븐 호킹	80일간의 세계 일주	별과 우주	희곡은 어떻게 쓸까요?

각 학년의 교과와
연계된 주제로 다양한 글을
읽을 수 있어요.

세 마리 토끼 잡는 독서 논술 이렇게 공부하세요

자신 있게 학습할 수 있는 단계를 선택하세요.

〈세 마리 토끼 잡는 독서 논술〉은 어린이 개인의 능력에 따라 단계를 선택하여 학습할 수 있는 교재입니다. 학년과 상관없이 자신이 자신 있게 학습할 수 있는 단계부터 선택하는 것이 중요합니다. 너무 어려운 단계나 너무 쉬운 단계를 선택하면 학습에 흥미를 잃을 수 있으므로 주의하세요.

한 주 동안 읽어야 할 독서 자료를 미리 읽으세요.

한 주 동안 읽어야 할 독서 자료를 미리 읽고 전체 내용을 파악한 다음, 매일 3장씩 읽고 문제를 푸는 것이 독서 학습을 하는 데 효과적입니다. 독서에는 흐름이 있습니다. 전체의 흐름을 미리 알고 세부적인 문제를 푸는 것이 사고력 확장에 도움이 됩니다.

매일 3장씩 꾸준히 공부하세요.

'가랑비에 옷이 젖는다.'라는 속담처럼 매일 꾸준히 3장씩 읽고, 생각하고, 표현하다 보면 독서, 사고, 통합 교과적 사고 능력이 성장한다는 것을 느낄 수 있을 것입니다. 그리고 매일 학습을 마친 뒤에는 '1일 학습 끝!' 붙임 딱지를 붙이면서 성취감을 느껴 보세요.

한 주 학습을 마친 후 자기 평가를 해 보세요.

한 주 학습이 끝난 다음에는 체크 리스트를 통해 학습한 내용을 얼마나 이해하고 적용할 수 있는지 스스로 평가해 보세요. 그래서 부족한 부분이 있다면 다시 한번 짚고 넘어가세요.

부모님과 깊이 있는 대화를 나누어 보세요.

한 주 동안 독서 자료를 읽고 문제를 풀면서 생각하고 표현해 보았다면, 그 주제에 대해 부모님과 이야기를 나누어 보세요. 주제에 대해 자신이 새롭게 알게 된 것이나 다르게 생각하게 된 것을 부모님과 이야기하다 보면 생각이 더욱 커진답니다.

한 주 학습표

일	월	화	수	목	금	토
★ 한 주 동안 읽어야 할 독서 자료 미리 읽기	★ 매일 3장씩 학습하기 → '1일 학습 끝!' 붙임 딱지 붙이기 → 한 주 학습이 끝나면 체크 리스트를 보며 평가하기					★ 부족한 부분 되짚기 ★ 주요 내용 복습하기

세 마리 토끼 잡는 독서 논술

A단계 4권

주제	주	제목	교과 연계 내용
계절의 멋	언어(1주)	하늘 공주가 그린 사계절	[국어 1–2] 소리와 모양을 나타내는 말 바르게 읽기 / 바르게 띄어 읽기
			[국어 2–2] 장면을 떠올리며 생각이나 느낌 말하기 / 인물의 마음을 짐작해 자신의 생각 쓰기
			[통합교과 봄1] 봄의 모습 살피기 / 다양한 선과 색으로 봄의 느낌 표현하기
			[통합교과 여름1] 여름철 날씨와 사람들의 생활 모습 알기 / 여러 가지 선과 색으로 여름 나타내기
			[통합교과 봄2] 봄철 날씨의 특징 알기 / 봄철 생활 모습 알기
			[통합교과 여름2] 여름 풍경 살피기 / 여름의 즐거웠던 경험 떠올리며 여름 풍경 꾸미기
			[통합교과 가을2] 가을철 날씨와 사람들의 생활 모습 알기
			[통합교과 겨울2] 겨울철 날씨와 사람들의 생활 모습 알기
	사회(2주)	눈의 여왕	[국어 3–1] 원인과 결과를 고려하여 말하기
			[국어 3–2] 인물에 집중하여 글 읽기 / 인물의 말과 행동 실감 나게 표현하기
			[통합교과 봄1] 친구와 함께할 수 있는 일 살피기 / 친구와 사이좋게 지내기
			[통합교과 봄2] 봄철 날씨와 사람들의 생활 모습 알기
			[통합교과 여름2] 여름철 날씨와 사람들의 생활 모습 알기
			[통합교과 가을2] 가을철 날씨와 사람들의 생활 모습 알기
			[통합교과 겨울2] 겨울철 날씨와 사람들의 생활 모습 알기
	과학(3주)	나뭇잎을 관찰해요	[국어 2–1] 친구들에게 주변에 있는 물건 설명하기
			[국어 3–1] 설명을 듣거나 읽고 대강의 내용 간추리기
			[과학 3–1] 여러 가지 감각 기관을 통해 관찰하기
			[통합교과 봄1] 봄의 모습 살피기 / 생명의 소중함 알기 / 새싹을 관찰하고 기록하기 / 꽃과 새싹 살피기
			[통합교과 여름2] 주변의 식물 조사하고 표현하기 / 여름 풍경 살피기
			[통합교과 가을2] 가을철 날씨와 가을이 되어 달라진 모습 알기
			[통합교과 겨울2] 겨울철 날씨와 겨울이 되어 달라진 모습 알기
	장르별 글쓰기 (4주)	동시를 써 봐요	[국어 1–2] 시를 읽고 반복되는 말이 주는 느낌 알기 / 흉내 내는 말 알기
			[국어 2–2] 겪은 일을 시나 노래로 표현하기
			[국어 3–1] 감각적 표현에 주목하여 시 읽기
			[통합교과 봄1] 봄의 모습 살피기 / 선과 색으로 봄의 느낌 표현하기

1주 하늘 공주가 그린 사계절

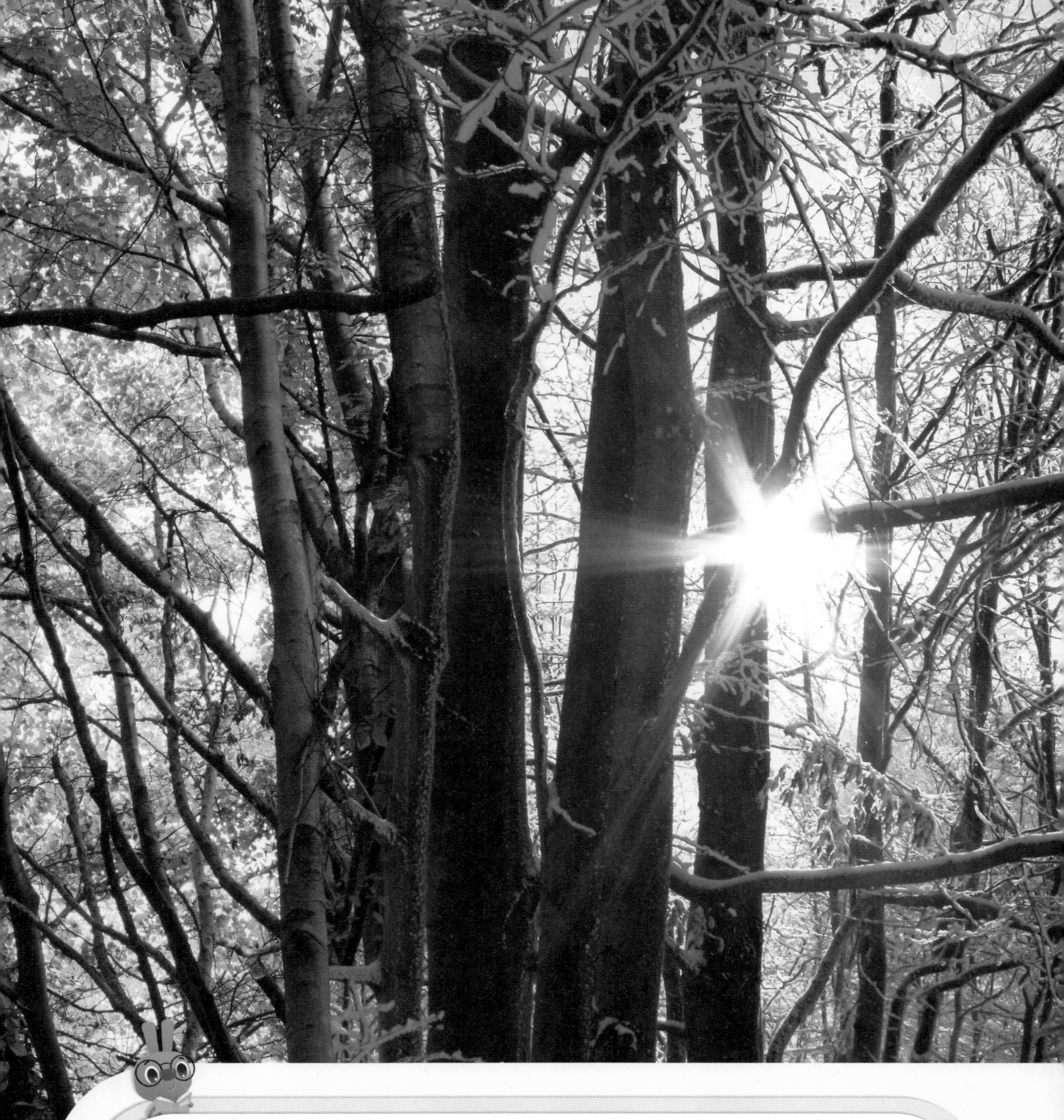

생각톡톡 봄, 여름, 가을, 겨울의 사계절 중에서 여러분이 가장 좋아하는 계절은 무엇인지 써 보세요.

관련교과

[통합교과 봄1] 봄의 모습 살피기 / 다양한 선과 색으로 봄의 느낌 표현하기
[통합교과 여름1] 여름철 날씨와 사람들의 생활 모습 알기 / 여러 가지 선과 색으로 여름 나타내기
[통합교과 가을2] 가을철 날씨와 사람들의 생활 모습 알기 / **[통합교과 겨울2]** 겨울철 날씨과 사람들의 생활 모습 알기

1주

01 하늘 공주가 그린 사계절

하늘 공주는 하늘 궁전에 사는 말괄량이 공주예요.
버릇없고 자기만 아는 *철부지라서 공주가 나타나면 신하들은 슬금슬금 숨었답니다. 그러니 공주는 넓은 성에서 늘 혼자였지요.
심심해서 멍하니 하늘만 바라보던 어느 날,
공주는 사계절을 만들어 내는 *화공 이야기를 들었어요.
앞을 보지 못하는 화공은 하늘 궁전의 남쪽 끝 뾰족탑에 산다고 했어요.
공주는 뾰족탑으로 가 보았답니다.
그리고 끝없이 이어진 계단을 올라갔어요.
"어휴, 뭐 이렇게 길어? 계단이 끝이 없잖아."
그냥 내려갈까도 생각했지만 올라온 게 아까워서 그럴 수 없었어요.
내려간다고 해도 재미있는 일이 있는 것도 아니니
끝까지 올라가 보기로 결심했지요.

* **철부지**: 철없는 어린아이.
* **화공**: 그림 그리는 것을 직업으로 하는 사람을 예전에 부르던 말.

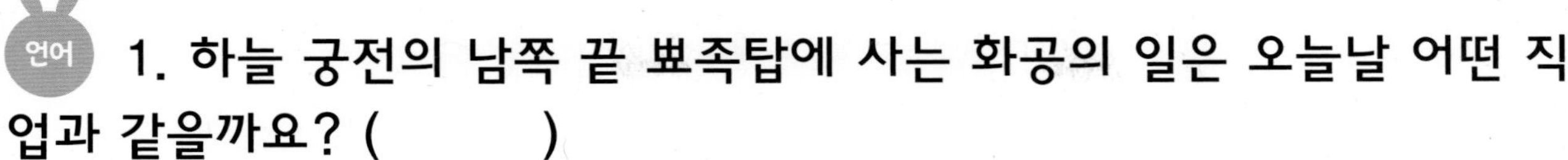

언어 1. 하늘 궁전의 남쪽 끝 뾰족탑에 사는 화공의 일은 오늘날 어떤 직업과 같을까요? (　　　　)

① 
화가

② 가수

③ 
무용가

과학탐구 2. 화공은 하늘 궁전의 남쪽 끝에 살았습니다. 지구의 남쪽 끝에 있는 극지방에는 어떤 동물이 살고 있는지 찾아 ○표 하세요.

(1) 
(　　　　)

(2) 
(　　　　)

(3) 
(　　　　)

논술 3. 하늘 공주는 말괄량이에다가 자기만 아는 철부지라고 하였습니다. 이와 같이 여러분 친구의 특징을 보기 처럼 간단하게 소개해 보세요.

보기 (1) 친구의 이름: 은아
(2) 친구 소개하기: 활발하고 마음이 따뜻한 친구입니다.

(1) 친구의 이름: ....

(2) 친구 소개하기: ....

뾰족탑으로 한참을 올라가니 크고 웅장한 문이 보였어요.
문에는 '출입 금지'*라고 쓰여 있었지만 공주는 온 힘을 다해 문을 열고 안으로 들어갔지요. 그곳에는 머리카락과 수염이 새하얀 할아버지가 사계절 그림을 그리고 있었어요.
이제 막 겨울 그림을 완성한 할아버지는 구부정한 허리를 펴며 천천히 일어나 사계절 그림을 네 벽에 하나씩 걸었어요.
그러고는 허리를 두드리며 옆방으로 갔지요.
"에구구, 허리야! 이제 좀 쉬어야겠다."
공주는 살금살금 다가가서 화공이 그린 그림을 둘러보았어요.
"음, 앞을 못 보는데도 잘 그리셨네."
그때 작은 새 한 마리가 급하게 날아들었어요.

* **출입 금지**: 어느 곳에 아무나 함부로 드나들지 말라는 뜻.

과학 탐구 1. 화공은 사계절 그림을 그렸습니다. 다음 사진은 어떤 계절을 나타낸 것인지 계절 이름을 써 보세요.

(1) (   ) (2) (   ) (3) (   ) (4) (   )

언어 2. 이 글에 나오는 화공의 모습을 바르게 말한 친구는 누구인가요?

(   )

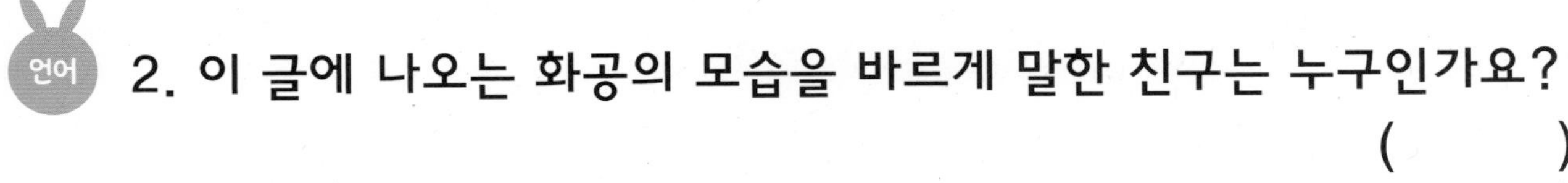

① 키가 크고 아주 날씬해.

② 젊고 활기찬 모습이야.

③ 머리카락이 하얗고 허리가 구부정해.

논술 3. 뾰족탑의 문에는 '출입 금지'란 말이 쓰여 있었습니다. 이 말을 상냥하게 풀어서 쓴다면 어떻게 바꿀지 보기 처럼 써 보세요.

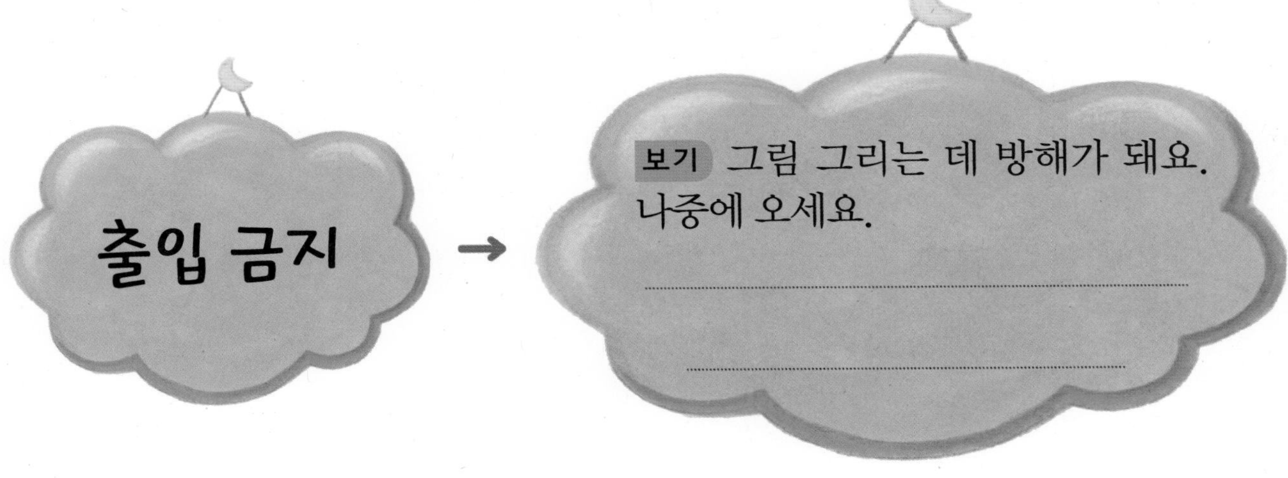

출입 금지 →

보기 그림 그리는 데 방해가 돼요. 나중에 오세요.

곧이어 커다란 매*가 작은 새를 따라 들어왔어요.
공주는 작은 새를 잡아먹으려는 매를 쫓기 위해 빗자루를 휘두르며 사방*을 뛰어다녔어요.
"저리 가, 이 못된 새야!"
매는 깜짝 놀라 밖으로 도망쳤지요.
공주는 떨고 있는 작은 새를 달래 주었어요.
"걱정 마, 이젠 안심해도 돼."
공주는 그제야 방 안이 엉망이 된 것을 깨달았어요.
화공이 그려 놓은 사계절 그림에도 여기저기 빗자루 모양의 물감 얼룩이 묻어 있었지요. 온통 하얀 겨울 그림 한 점에만 얼룩이 묻지 않았답니다. 공주는 별일 아니라는 듯 그냥 놔두고 뾰족탑을 나왔어요.
잠시 후, 얼룩이 묻지 않은 겨울 그림이 점점 부풀어 오르더니 무지개처럼 뻗어 나가 인간 세상으로 내려갔어요.

* **매**: 작은 새를 잡아먹고 사는, 독수리보다 작은 맷과의 새를 통틀어 이르는 말.
사방: 동, 서, 남, 북 네 방위를 통틀어 이르는 말.

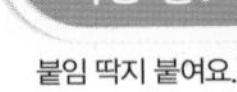

붙임 딱지 붙여요.

과학 탐구 **1. 작은 새를 잡아먹으려고 매가 날아들었습니다. 새의 일반적인 특징이 아닌 것은 무엇인가요? (　　　)**

① 날개가 있습니다.
② 부리가 있습니다.
③ 다리가 네 개입니다.

언어 **2. 다음 밑줄 친 '매' 중에서 이 글에 나오는 '매'와 같은 뜻으로 쓰인 것에 ○표 하세요.**

(1) 친구가 젓가락 한 매를 건넸습니다. (　　　)
(2) 커다란 매 한 마리가 개구리를 낚아챘습니다. (　　　)
(3) 형이 거짓말을 해서 어머니께 매를 맞았습니다. (　　　)

예체능 **3. 하늘 공주가 벽에 묻힌 빗자루 얼룩을 이용해 재미있는 그림을 꾸며 보려고 합니다. 다음 빗자루 얼룩을 꾸며 보고 무엇을 그린 것인지 써 보세요.**

그 뒤 사계절이 고루고루 있던 인간 세상은 *하루아침에 모두 겨울이 되어 버렸어요. 하늘 화공이 그려 놓은 사계절 그림 중 겨울만 인간 세상으로 퍼져 나갔으니 당연한 일이었지요.

땅에 사는 사람들은 깜짝 놀랐어요.

"아이, 추워! 왜 봄이 오지 않는 거야?"

"씨앗 뿌릴 준비를 다 해 놓았는데 어떻게 된 거지?"

"이렇게 계속 춥다가는 모두 얼어 죽고 말겠어요!"

"하늘이 정신을 어디에 두고 있는 거야?"

사람들은 하늘을 향해 *원망을 늘어놓았어요.

사람들의 원망 소리는 점점 커져서 하늘 임금님의 귀에도 들어갔어요.

임금님은 몹시 화가 나서 하늘 궁전 사람들을 모두 불러들였지요.

* **하루아침**: 갑작스러울 정도의 짧은 시간.
* **원망**: 못마땅하게 여기어 탓하거나 불평을 품고 미워하는 것.

사회 탐구 1. 땅에 사는 사람들은 씨를 뿌리며 농사를 짓고 살았습니다. 다음 중 사람들이 농사를 짓는 곳은 어디인가요? (   )

① 

논

② 

바다

③ 

도시

언어 2. 인간 세상 사람들이 하늘을 원망한 까닭을 맞게 말한 두 친구를 찾아 ○표 하세요.

(1) 농사를 망칠 것 같아서야. (   )

(2) 봄은 오지 않고 겨울만 계속되어서야. (   )

(3) 하늘 공주가 말썽을 피운 사실을 알아서야. (   )

논술 3. 이 글의 인간 세상처럼 겨울만 계속된다면 어떤 일이 벌어질까요? 상상하여 보기 와 같이 써 보세요.

보기 농사를 제대로 지을 수 없을 것입니다.

하늘 공주는 겁이 났지만 아무것도 모르는 척했어요.
임금님은 '모두 다 알아' 거울에게 물었답니다.
"거울아, 이게 어떻게 된 일인고?"
거울이 하늘 공주를 쳐다보며 대답했어요.
"화공이 그려 놓은 사계절 그림 중에서 봄, 여름, 가을 그림을 공주님이 망쳐 버렸기 때문입니다."
거울의 말을 들은 임금님은 화가 나서 버럭 소리쳤어요.
"네 이 녀석! 여봐라, 공주를 당장 뾰족탑에 가두어라!"
공주는 거울을 무섭게 노려보며 임금님에게 버릇없이 말했어요.
"아바마마, 그까짓 그림 몇 점 망가뜨린 게 무슨 큰일인가요?"
"네가 한 일이 얼마나 큰 잘못인 줄 아느냐? 망쳐 놓은 그림을 네 손으로 모두 *완성하기 전에는 탑에서 나올 수 없다!"

* **완성하다:** 어떤 일을 완전히 다 이루다.

사회 탐구 1. 하늘 공주와 임금님은 어떤 관계인가요? (   )

① 딸과 아버지
② 임금과 백성
③ 할아버지와 손자

언어 2. 보기 의 밑줄 친 '점'은 그림을 세는 단위입니다. 다음 물건을 세는 단위를 빈칸에 써 보세요.

보기 "아바마마, 그까짓 그림 몇 점 망가뜨린 게 무슨 큰일인가요?"

(1)

연필 두 ☐☐

(2)

자동차 세 ☐

논술 3. 만약 여러분에게 임금님처럼 '모두 다 알아' 거울이 있다면 무엇을 물어보고 싶은가요? 보기 처럼 써 보세요.

보기 내 짝이 나를 좋아할까?

궁전에서 쫓겨나 뾰족탑에 갇힌 공주는 잠자는 화공을 깨웠어요. 하지만 커다란 비눗방울처럼 생긴 공 속에서 잠이 든 화공은 깨어나지 않았답니다. 사계절 그림을 그리느라 지친 화공은 다음 해 마지막 날이 되어야만 잠에서 깨어나거든요. 공주는 하는 수 없이 구석에 놓인 의자에서 툴툴거리며* 웅크리고 잠을 자야 했어요.

다음 날 아침에 잠이 깬 공주는 깜짝 놀랐어요.

“어떻게 된 일이지? 눈이 보이질 않아.”

앞이 보이지 않게 된 공주는 내보내 달라고 소리치며 문을 두드렸지만 아무 소용없었어요.

“이게 어떻게 된 거야? 거기 누구 없어요?”

아무도 찾아오지 않는 높은 탑에 갇힌 공주는 춥고 배고프고 무서워 울기 시작했어요.

* **툴툴거리다**: 마음에 차지 않아서 몹시 투덜거리다.

언어 1. 공주는 구석에 놓인 의자에서 툴툴거리며 웅크리고 잠을 잤습니다. '툴툴거리며'와 뜻이 비슷한 말은 무엇인가요? (   )

① 투덜거리며 ② 애교 부리며 ③ 잘난 체하며

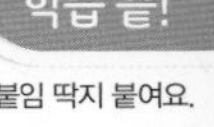

붙임 딱지 붙여요.

예체능 2. 화공은 비눗방울처럼 생긴 공 속에서 잠을 잤습니다. 다음 중 공의 모양이 아닌 것은 어느 것인가요? (   )

① 

② 

③ 

논술 3. 자고 일어난 공주는 눈이 보이지 않게 되었습니다. 만약 여러분의 눈이 보이지 않는다면, 가장 불편한 점이 무엇일지 생각하여 보기 처럼 써 보세요.

보기 길을 걸을 때 앞이 안 보여서 불편할 것입니다.

그때 공주가 구해 준 작은 새가 날아왔어요.

"공주님, 사계절 그림을 그리세요. 그래야 여기서 나갈 수 있잖아요."

공주가 울면서 대답했어요.

"난 아무것도 볼 수가 없어. 사계절이 어떤지도 잘 모른단 말이야."

"공주님, 걱정 마세요. 제가 계절 *요정들을 만나고 올게요."

작은 새는 계절의 요정들을 찾아 멀리 날아갔어요.

"공주님을 위해 봄, 여름, 가을의 계절을 만들어 주세요."

봄, 여름, 가을 요정은 고개를 절레절레 저었어요.

"우린 하늘 화공이 그린 그림이 있어야 해.
화공이 그린 그림대로 계절을 바꾸어 놓는 것이 우리 일이거든."

"그럼 저에게 각 계절의 *특징을 이야기해 주세요."

작은 새는 두 날개를 모아 간절하게 부탁했어요.

* **요정**: 서양 전설이나 동화에 많이 나오는, 사람의 모습을 하고 마법의 힘을 가진 존재.
* **특징**: 다른 것에 비하여 특별히 눈에 뜨이는 점.

언어 1. 작은 새가 계절을 만들어 달라고 부탁하자 요정들은 고개를 저었습니다. 이 글에서 고개를 젓는 모양을 흉내 내는 말을 찾아 쓰세요.

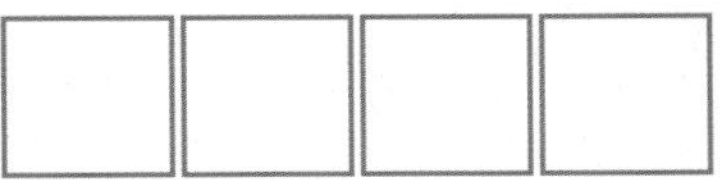

과학 탐구 2. 작은 새는 요정들에게 계절의 특징을 말해 달라고 부탁했습니다. 각 계절의 특징과 어울리는 말을 보기에서 하나씩 골라 쓰세요.

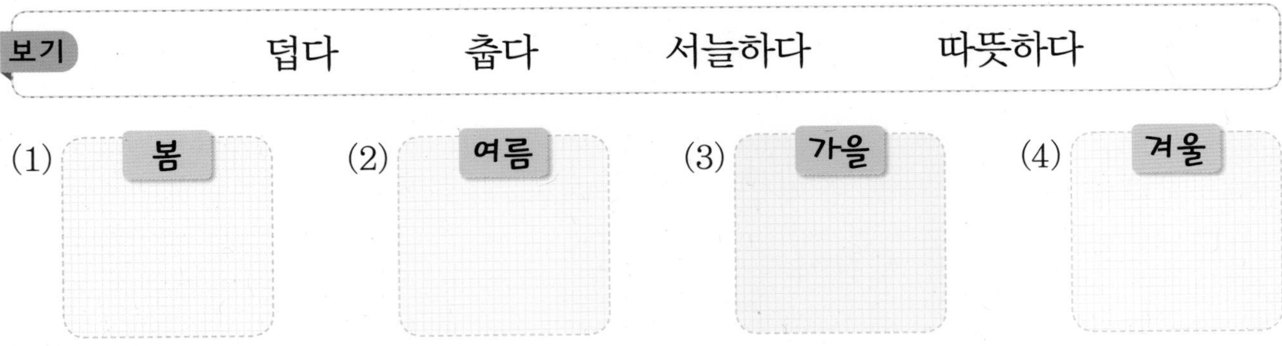

보기
덥다
춥다
서늘하다
따뜻하다
(1) 봄
(2) 여름
(3) 가을
(4) 겨울

예체능 3. 요정의 일은 화공이 그린 그림대로 계절을 바꾸어 놓는 것입니다. 화공이 봄, 여름, 가을에 어떤 그림을 그렸을지 그려 보세요.

먼저 봄의 요정이 입을 열었어요.

"봄은 겨울 동안 꽁꽁 언 세상을 녹여 주는 따뜻하고 *희망찬 계절이야.
추위를 피해 숨어 있던 동물들도 기지개를 켜고,
나뭇가지마다 새잎이 돋고 땅에서도 파릇파릇 새싹이 돋아나지.
꽁꽁 언 얼음이 녹아서 졸졸 흐르는 물소리를 들을 수도 있어.
봄이 얼마나 중요한지 알겠지?"

봄의 요정이 자신만만하게 말하자 여름의 요정이 외쳤어요.

"여린 새싹만 틔워 내면 뭐 하니?
비와 햇빛을 주어 식물들을 강하게 키워 내는 것은 내가 하는 일인걸.
여름에 뜨거운 햇볕을 쨍쨍 내리쬐어 주어야 아름다운 꽃도 피고,
온갖 열매도 크고 달콤하게 자란다는 걸 잊은 거야?
여름이야말로 중요한 계절이지."

봄과 여름의 요정은 서로 앞다투어 자랑을 늘어놓았어요.

* **희망차다**: 앞일에 대한 기대가 가득하다.

언어 1. 봄의 요정은 봄에 대해 자랑했습니다. 다음에서 봄의 요정이 말한 봄의 특징과 관련이 있는 말을 모두 골라 색칠해 보세요.

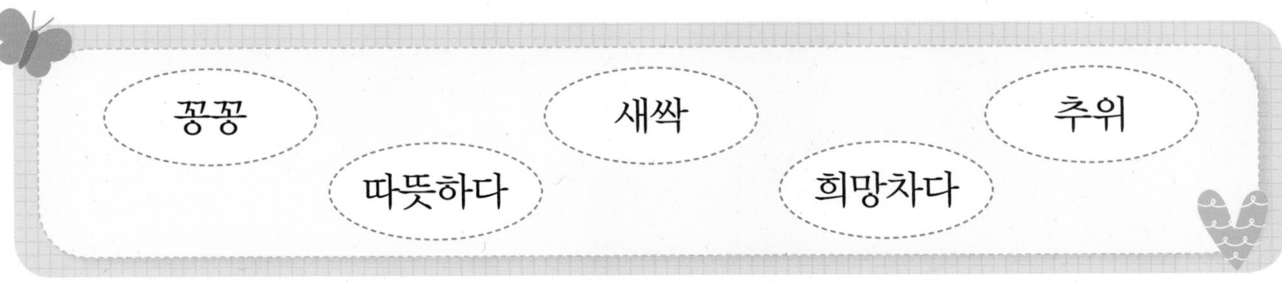

과학 탐구 2. 여름의 요정은 비와 햇빛을 주어서 식물을 키운다고 했습니다. 다음 중 비를 담은 구름을 찾아 ○표 해 보세요.

(1) (　　)　(2) (　　)　(3) (　　)

논술 3. 봄의 요정과 여름의 요정은 서로 앞다투어 자랑을 늘어놓았습니다. 봄과 여름 중에서 여러분이 더 좋아하는 계절에 ○표 하고, 좋은 까닭도 써 보세요.

(1) 내가 좋아하는 계절: (봄, 여름)

(2) 좋은 까닭: ....

뽀록, 뽀록, 뽀로록!

요정들의 이야기를 듣고 있던 작은 새의 배가 점점 부풀었어요.

봄과 여름 요정의 자랑을 듣던 가을 요정이 웃으며 말했어요.

"그 정도는 어깨에 힘주며 자랑할 일은 아니지.

가을이 있어야 사람들이 한 해 농사를 마무리*하고,

긴 겨울을 무사히 견디도록 준비한다는 거 잊었니?

덥지도 않고 춥지도 않은 가을이 사람들에게 가장 풍요롭고

행복한 계절이라는 걸 잊지 말아 주렴."

가을 요정의 이야기까지 들은 작은 새의 배는 곧 터질 것처럼

부풀어 올랐답니다.

"고마워요, 계절의 요정님들!"

작은 새는 무거운 몸을 이끌고 작은 날개를 힘껏 저어

하늘 높이 날아갔어요.

* **마무리하다**: 일을 끝맺다.

1. 가을 요정이 가을의 특징을 자랑했습니다. 다음 중 가을과 관계가 없는 것은 어느 것인가요? (　　　)

① 
밤을 땁니다.

② 
벼가 익습니다.

③ 
모내기를 합니다.

1주 3일 학습 끝!
붙임 딱지 붙여요.

2. 보기 의 밑줄 친 '배'와 같은 뜻으로 쓰인 것은 어느 것인가요?

(　　　)

보기 작은 새의 배가 점점 부풀었어요.

① 밥을 많이 먹었더니 배가 부릅니다.
② 차례상에 사과와 배를 차려 놓았습니다.
③ 바다 위로 작은 배가 바람을 가르며 나아갑니다.

3. 작은 새는 계절 이야기를 먹는 새입니다. 만약 이야기를 먹는 새가 여러분에게 온다면 어떤 이야기를 들려주고 싶나요? 보기 처럼 써 보세요.

보기 재미있게 본 만화 영화 이야기

힘겹게 날아가는 작은 새 곁으로
차가운 겨울 요정이 다가와 말했어요.
"겨울은 무척 춥고 온 세상이 꽁꽁 얼어붙지.
그렇다고 해서 쓸모없는 계절은 아니란다.
겨울에는 나쁜 *병균이나 *해충이 없어져.
그리고 추위를 견뎌 내야 식물과 동물이 더욱 강해지는 거야.
게다가 하얀 눈이 얼마나 아름다운지 너도 알지?"
겨울 요정이 들려준 이야기를 먹은 작은 새는
배가 풍선처럼 부풀어 올랐어요.
몸이 부풀수록 날개의 힘이 모자라서 자꾸자꾸 아래로 내려갔지요.
하지만 계절 요정들의 이야기를 뱉어 낼 수는 없었어요.
모든 이야기를 하늘 공주에게 들려주어야 하니까요.

* **병균**: 병의 원인이 되는 균.
* **해충**: 인간의 생활에 해를 끼치는 벌레를 통틀어 이르는 말.

언어 **1. 겨울 요정은 겨울의 특징을 작은 새에게 이야기해 주었습니다. 다음 낱말과 뜻이 반대되는 말을 보기 에서 골라 써 보세요.**

보기 좋다 더위 녹다 약하다

(1) 추위: .... (2) 얼다: ....

(3) 나쁘다: .... (4) 강하다: ....

과학탐구 **2. 다음은 무엇에 대한 설명인지 이 글에서 찾아 ( ) 안에 써 보세요.**

곤충, 지렁이 등을 먹고 살아요.
위험을 느끼면 날아갈 수 있지요.
동물이에요.
나무 둥지 등에서 알을 낳아요.
나는 ( ) 입니다.

논술 **3. 겨울에는 나쁜 병균이나 해충이 없어진다고 하였습니다. 만약 여러분이 무엇을 없앨 수 있다면 없애고 싶은 것이 무엇인지, 그리고 그렇게 생각한 까닭도 보기 처럼 써 보세요.**

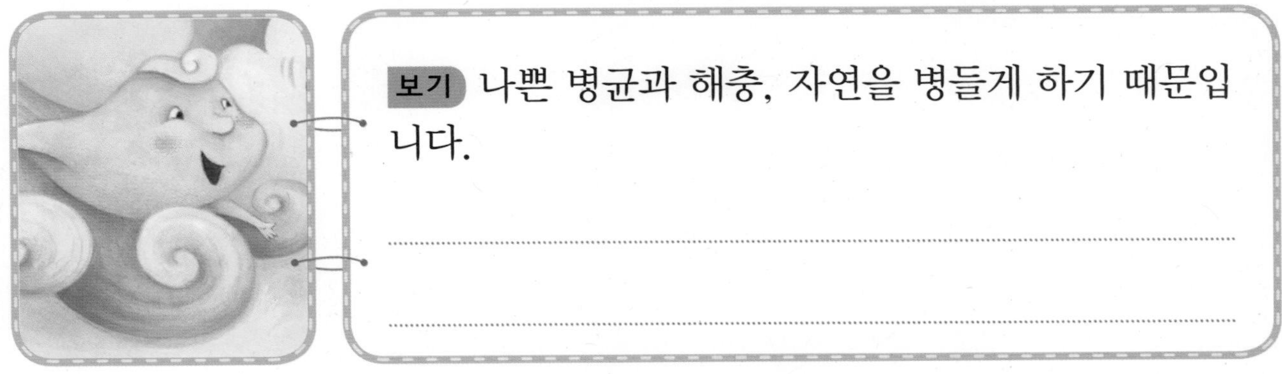

보기 나쁜 병균과 해충, 자연을 병들게 하기 때문입니다.

작은 새는 열심히 날아 하늘 공주에게 갔어요.

"헉헉, 공주님! 제가 왔어요."

공주는 작은 새가 들려주는 사계절의 이야기를 들으며 천천히 그림을 그리기 시작했답니다.

그러자 어느새 눈이 조금씩 보였지요.

하얗고 순수한 눈이 내리는 겨울의 그림은 그대로 두고, 익어 가는 곡식으로 황금빛 가득한 *풍요로운 가을을 그렸어요.

강렬한 태양 빛을 닮은 물감을 풀어 뜨거운 여름도 그렸지요.

따뜻한 봄바람을 닮은 물감을 풀어 새싹이 돋아나는 봄도 그렸고요.

그리는 동안 계절의 소중함과 아름다움을 깨달은 공주는 쉴 새 없이 눈물을 흘렸어요. 그림이 완성되자 그림들은 작은 점으로 부풀어 올라 세상을 향해 날아가기 시작했어요.

* **풍요롭다**: 흠뻑 많아서 넉넉하다.

언어 1. 이 글을 읽고 계절을 그린 그림과 그 계절을 나타낸 말을 바르게 찾아 줄로 이어 보세요.

(1) 봄 (2) 여름 (3) 가을 (4) 겨울

㉠ 뜨겁다 ㉡ 하얗다 ㉢ 따뜻하다 ㉣ 풍요롭다

과학 탐구 2. 다음 친구가 여름철에 어울리는 옷차림을 할 수 있도록 그림에서 알맞은 옷과 모자를 골라 ○표 하세요.

뾰족탑 창가에 기대선 하늘 공주는
세상으로 퍼져 나가는 아름다운 작은 점들을 보았어요.
온 세상으로 퍼져 나간 봄, 여름, 가을, 겨울은
각자의 아름다운 빛깔로 세상을 물들였지요.
“작은 새야, 너도 저 아름다운 모습이 보이니?”
그 순간 굳게 닫혀 있던 뾰족탑의 문이 열렸어요.
하지만 공주는 밖으로 나가지 않았어요.
“이제부터는 내가 하늘 화공이 되어
세상 사람들에게 사계절의 아름다움을 나누어 줄 테야.
작은 새야, 네가 도와준다면 난 잘 해낼 수 있을 것 같아.”
그 후로 나이 많은 화공은 편안하게 잠을 잘 수 있게 되었고,
하늘 공주는 해마다 작은 새의 도움을 받아
더욱 아름다운 사계절 그림을 그려 세상을 물들이게 되었답니다.

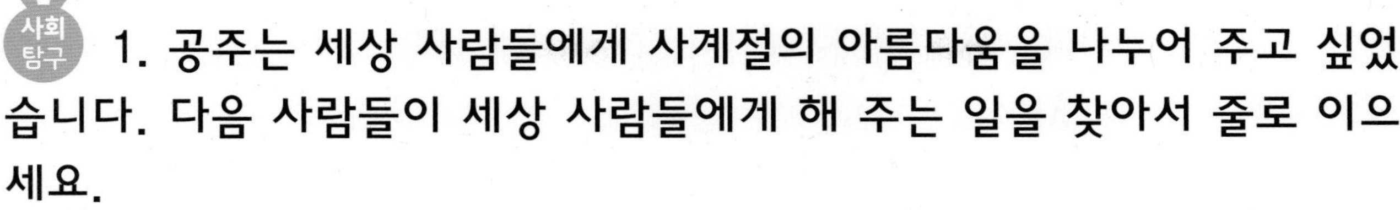

사회 탐구 1. 공주는 세상 사람들에게 사계절의 아름다움을 나누어 주고 싶었습니다. 다음 사람들이 세상 사람들에게 해 주는 일을 찾아서 줄로 이으세요.

(1) 

(2) 

(3) 

붙임 딱지 붙여요.

㉠ 불이 나면 꺼 줍니다.	㉡ 편지를 전해 줍니다.	㉢ 아픈 사람을 치료해 줍니다.

논술 2. 뾰족탑의 문이 열렸지만 공주가 밖으로 나가지 않은 까닭은 무엇인지 써 보세요.

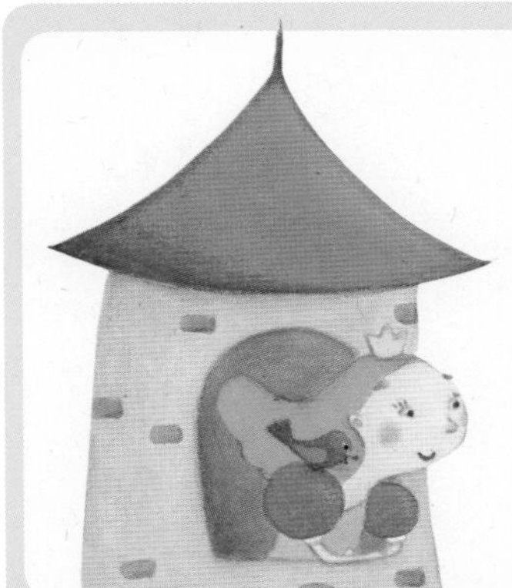

되돌아봐요

1 봄, 여름, 가을, 겨울과 관련해 여러분의 머릿속에 생각나는 낱말을 하나씩 각 계절 주머니에 써 보세요.

2 보기 의 사계절 중 하나를 넣어 짧은 글을 지어 보세요.

보기 봄, 여름, 가을, 겨울

3 사계절 중에서 여러분이 가장 좋아하는 계절은 무엇인가요? 보기 처럼 그 까닭과 함께 써 보세요.

보기 나는 여름을 가장 좋아합니다. 내가 좋아하는 음식을 많이 먹을 수 있기 때문입니다.

4 보기 처럼 사계절의 특징에 맞게 여름, 가을, 겨울의 나무를 꾸며 보세요.

궁금해요

계절과 절기에 대해 알아봐요

계절이 생기는 이유

우리나라는 사계절이 뚜렷한 나라예요. 봄, 여름, 가을, 겨울은 저마다 다른 특징을 가지고 있지요. 그런데 사계절은 어떻게 생기는 것일까요?

우리가 살고 있는 지구는 스스로 돌고 있어요. 그것을 '자전'이라고 하지요. 그리고 지구는 1년 동안 태양 주위를 크게 한 바퀴 도는데, 그것을 '공전'이라고 해요.

지구의 가운데 부분인 '적도'를 중심으로 위, 아래를 나누어 '북반구'와 '남반구'라고 해요. 지구는 중심축(자전축)이 기울어진 상태로 공전하기 때문에, 햇빛이 지구의 북반구에 주로 비출 때도 있고 남반구에 주로 비출 때도 있어요. 그렇게 각 지역이 받는 햇빛의 양이 시기에 따라 달라져 계절이 생기고, 북반구와 남반구는 서로 계절이 반대가 되지요.

계절이 생기는 까닭이 무엇인지 써 보세요.

계절을 알려 주는 절기

절기는 1년 동안의 계절 변화를 24개로 나눈 것이에요. 계절의 변화와 기후의 특징을 알려 주지요. 그중에서 대표적인 절기 네 가지를 살펴보아요.

1 춘분

춘분은 북반구에서 봄의 절기예요. 낮과 밤의 길이가 비슷해지고, 겨울 동안 얼었던 땅이 풀리면서 한 해의 농사가 시작되지요.

2 하지

하지는 북반구에서 여름의 절기예요. 낮의 길이가 가장 길고, 밤의 길이가 가장 짧지요. 비가 계속 내리는 장마가 시작되어요.

3 추분

추분은 북반구에서 가을의 절기예요. 춘분 때처럼 낮과 밤의 길이가 비슷해지지요. 추수를 앞둔 벼 이삭들이 익어 벼 베기를 시작하는 때예요.

4 동지

동지는 북반구에서 겨울의 절기예요. 밤의 길이가 가장 길고, 낮의 길이는 가장 짧은 때예요. 찹쌀 새알심을 넣은 팥죽을 쑤어 먹는 풍습이 있지요.

내가 할래요

아름다운 사계절 이야기를 들려주세요!

**여러분은 작은 새에게 어떤 계절 이야기를 들려주고 싶나요?
하늘 공주가 사계절의 모습을 잘 그릴 수 있도록 보기 와 같이 계절의 모습과 사람들의 이야기를 엽서에 담아 보내 주세요.**

보기 하늘 공주님!
봄에는 겨우내 움츠렸던 땅에
연두색 새싹들이 자라고,
사람들은 봄나들이를 간답니다.

하늘 공주님!

여름에는 ....

....

....

....

확인할 내용	잘함	보통임	부족함
1. 이번 주 학습을 5일(월요일~금요일) 안에 끝마쳤나요?			
2. 사계절의 특징을 잘 이해하였나요?			
3. 계절에 따라 달라지는 생활 모습을 잘 이해하였나요?			
4. 내가 좋아하는 계절과 그 까닭을 설명할 수 있나요?			

하늘 공주님!

가을에는

1주 5일
학습 끝!

붙임 딱지 붙여요.

하늘 공주님!

겨울에는

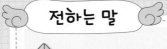

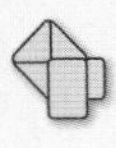

2주

눈의 여왕

"눈의 여왕"
• 지은이: 한스 크리스티안 안데르센 (1805~1875)
덴마크의 동화 작가. "인어 공주", "미운 오리 새끼" 등 많은 걸작을 남겼어요.
• 작품 설명: 어느 추운 겨울날, 썰매를 타던 카이의 눈에 악마의 거울 조각이 들어갔어요. 상냥하던 카이는 점점 심술궂게 변해 친구 게르다를 슬프게 했답니다. 그러던 어느 날, 사라져 버린 카이! 게르다는 카이를 찾아 먼 길을 떠나요. 게르다는 카이를 찾아낼 수 있을까요? 게르다를 따라 신비한 눈의 세계로 모험을 떠나 보아요.

생각톡톡 눈의 여왕은 어떤 일을 하는 사람일지 상상하여 간단히 써 보세요.

관련교과

[국어 3-1] 원인과 결과를 고려하여 말하기

[통합교과 봄1] 친구와 사이좋게 지내기 / **[통합교과 겨울2]** 겨울철 날씨와 사람들의 생활 모습 알기

2주

01 눈의 여왕

사악한 대마왕은 세상의 모든 아름다움을 싫어했어요.
착한 사람들, 서로 아끼고 사랑하며 살아가는 사람들도 미워했지요.
그래서 대마왕은 악마의 거울을 만들었답니다.
모든 아름다운 것들을 추하고 일그러져 보이게 하는 거울이었어요.
대마왕은 그 거울로 세상을 비추어 보고는 웃음을 터뜨렸어요.
"으하하하! 드디어 세상이 추하게 보이는구나."
어느 날 대마왕은 작은 악마들을 불렀어요.
"이 거울을 가져가서 천사들을 비추어 보고 오너라.
천사들이 어떻게 보일지 궁금하구나."
거울을 들고 하늘 높이 올라가던 작은 악마들은 그만 거울을
놓치고 말았어요. '쨍그랑' 하고 떨어진 거울은 산산조각이 났지요.
작은 거울 조각들은 된바람을 타고 세상 곳곳으로 퍼져 나갔고,
사람들의 눈과 심장에 박혀 못된 성미로 변하게 만들었어요.

※ **된바람**: 매우 빠르고 세게 부는 바람.
※ **성미**: 성질, 마음씨 등을 통틀어 이르는 말.

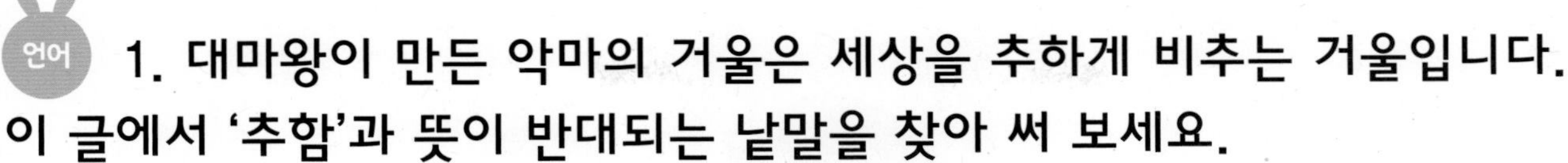

1. 대마왕이 만든 악마의 거울은 세상을 추하게 비추는 거울입니다. 이 글에서 '추함'과 뜻이 반대되는 낱말을 찾아 써 보세요.

언어 2. 거울 조각은 된바람을 타고 사람들이 사는 마을로 퍼져 나갔습니다. 여기에 쓰인 '바람'과 밑줄 친 말의 뜻이 다른 것은 어느 것인가요?

( )

① 바람이 불어와서 외투를 감쌌습니다.
② 나의 바람은 우리나라가 통일되는 것입니다.
③ 바람이 거세지자 배가 뒤뚱뒤뚱 흔들렸습니다.

예체능 3. 악마의 거울은 모든 아름다운 것들을 추하고 일그러져 보이도록 하는 거울입니다. 악마의 거울로 천사들을 비추어 보았다면 어떻게 보였을까요? 그 모습을 상상하여 그려 보세요.

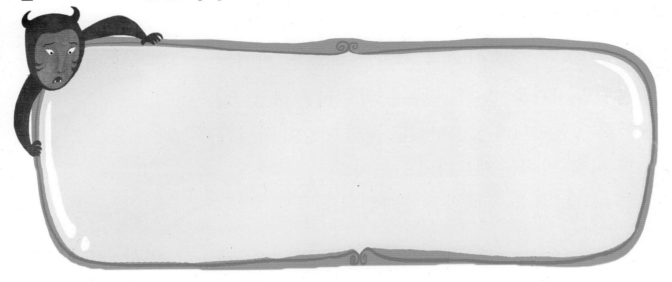

어느 작은 시골 마을에 소년 카이와 소녀 게르다가 살았어요.
지붕이 맞닿아* 창문이 마주 보이는 이웃에 사는 카이와 게르다는
세상에 둘도 없는 다정한 친구였지요.
맞닿은 지붕 사이의 홈통*에 심어 놓은 장미가 활짝 피면,
카이와 게르다는 지붕에 올라가 노래를 부르며 놀았어요.
겨울이면 난로에 동전을 데워 얼어붙은 창문에 붙이며 놀았고요.
"동전을 붙였던 곳의 얼음이 녹아서 밖이 보이네."
눈이 오던 날, 얼음이 녹은 자리로 밖을 본 카이는 날리는 눈송이 속에서
얼음처럼 차가운 미소를 짓는 눈의 여왕을 보았어요.
"어! 혹시 할머니가 말씀하셨던 눈의 여왕이 아닐까?"
그날 이후, 카이는 게르다와 놀면서도
종종 아름다운 눈의 여왕을 생각했어요.

* **맞닿다**: 마주 닿다.
* **홈통**: 물이 흐르거나 타고 내리도록 만든 물건.

사회 탐구 **1. 카이와 게르다는 작은 시골 마을에 살았습니다. 다음 중 시골 마을에서 볼 수 있는 모습이 <u>아닌</u> 것에 ○표 하세요.**

(1) ( )

(2)  ( )

(3)  ( )

과학 탐구 **2. 카이와 게르다가 좋아하는 장미는 식물입니다. 다음 중 식물의 일반적인 특징이 <u>아닌</u> 것은 무엇인가요? ( )**

① 알이나 새끼를 낳아 기릅니다.

② 영양분을 스스로 만들 수 있습니다.

③ 한자리에서 자라고 씨앗으로 번식을 합니다.

3. 보기 와 같이 '처럼'을 넣어 한 문장을 만들어 보세요.

보기 눈의 여왕은 얼음<u>처럼</u> 차가운 미소를 지었습니다.

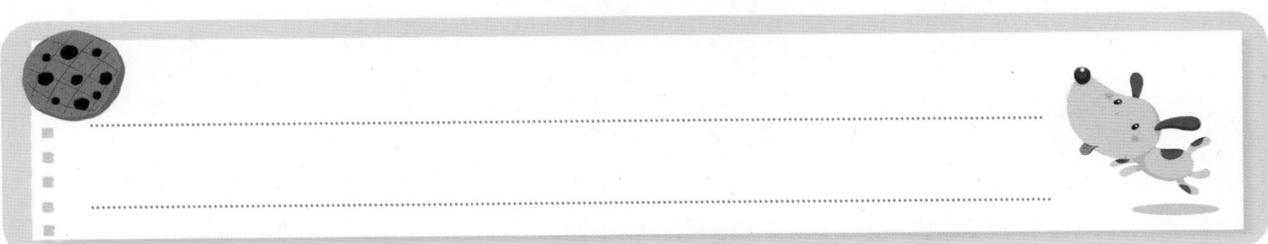

어느 날, 게르다와 썰매를 타던 카이의 눈에 악마들이 떨어뜨린 악마의 거울 조각이 날아 들어갔어요.

"아야! 눈에 뭐가 들어갔나 봐."

걱정이 된 게르다는 카이의 눈을 후후 불어 주었어요.

그러자 카이는 갑자기 화를 내며 버럭 소리쳤답니다.

"그만둬! 더러운 침이 튀잖아."

게르다는 깜짝 놀라 뒤로 물러나다가 털썩 주저앉고 말았어요.

"왜 그래, 카이? 널 도와주려는 거잖아."

"필요 없어. 꺼져 버려!"

그 후로 카이는 점점 심술궂게[*] 변해 갔어요. 누구와도 말을 하지 않고 차갑게 대하며 먼 하늘만 바라보았지요.

게르다는 그런 카이의 모습이 안타까웠어요.

* **심술궂다**: 남이 잘못되는 것을 좋아하거나 남에게 못되게 굴다.

언어 **1. 카이가 게르다에게 심술을 부린 까닭은 무엇일까요? (　　　　)**

① 카이는 원래 심술궂은 아이이기 때문입니다.

② 악마의 거울 조각이 눈에 들어갔기 때문입니다.

③ 게르다의 더러운 침이 눈에 들어갔기 때문입니다.

붙임 딱지 붙여요.

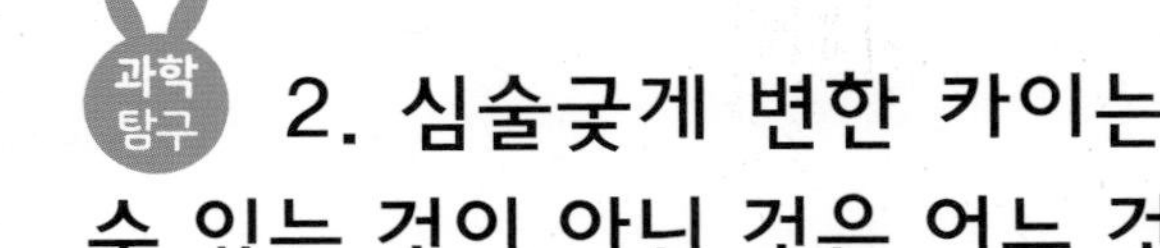

과학 탐구 **2. 심술궂게 변한 카이는 먼 하늘만 바라보았습니다. 하늘에서 볼 수 있는 것이 아닌 것은 어느 것인가요? (　　　　)**

① 
구름

② 
무지개

③ 
그림자

논술 **3. 여러분이 카이와 게르다처럼 썰매를 탄다면, 누구와 함께 타고 싶은가요? 그 까닭과 함께 써 보세요.**

(1) 함께 타고 싶은 사람: ....

(2) 그 까닭: ....

....

....

함박눈이 펑펑 내리는 날, 카이는 마차를 탄 눈의 여왕을 만났어요.
"귀여운 아이야, 우린 전에도 본 적 있지?"
눈의 여왕이 카이의 이마에 입을 맞추자 카이는 추위를 느끼지 않게 되었어요. 그리고 게르다와 가족들을 모두 잊어버렸답니다.
"나와 함께 가겠니?"
카이는 무엇엔가 홀린* 듯 눈의 여왕을 따라 머나먼 곳으로 떠났어요.
카이가 갑자기 사라지자, 게르다는 걱정이 되어 눈물을 흘렸어요.
"카이, 어디로 가 버린 거니? 제발 돌아오렴."
봄이 되어도 카이가 돌아오지 않자, 게르다는 카이를 찾아 길을 나섰어요.
강을 만난 게르다는 강물에게 물었지요.
"강물아, 혹시 카이가 어디로 갔는지 아니?
카이가 간 곳을 알려 주면 내 빨간 구두를 줄게."

* **홀리다**: 무엇에 깊게 빠져 정신을 차리지 못하다.

언어 1. 카이는 함박눈이 펑펑 내리는 날 눈의 여왕을 따라갔습니다. '펑펑'과 같이, 그림에 어울리는 흉내 내는 말을 보기 에서 찾아 ( ) 안에 써 보세요.

보기 쌩쌩 주룩주룩 번쩍번쩍

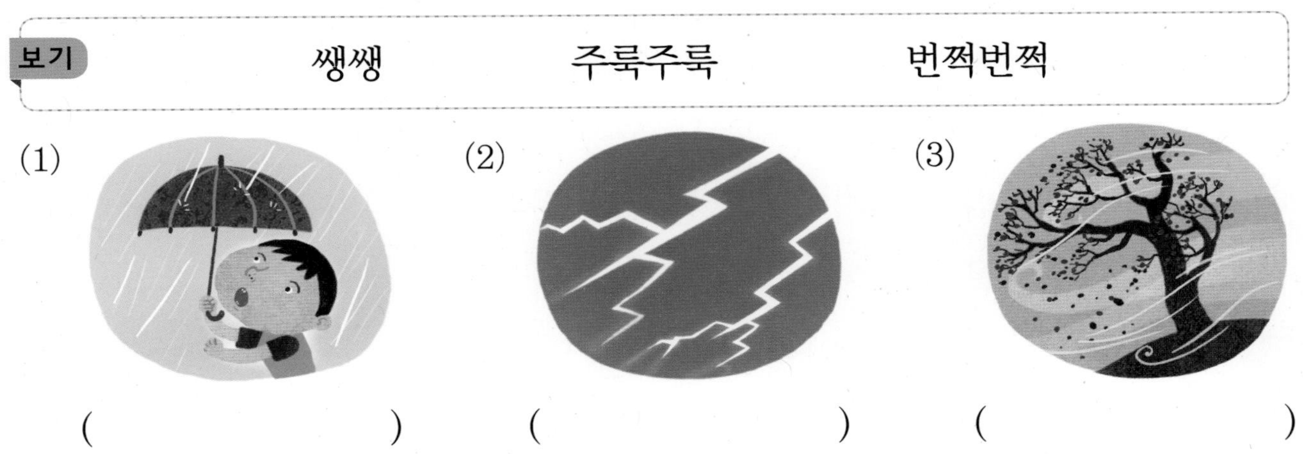

(1) ( ) (2) ( ) (3) ( )

사회 탐구 2. 게르다는 카이를 찾아가다가 강을 만나게 되었습니다. 다음 중 강과 관련 있는 사진은 어느 것인가요? ( )

① ② ③

논술 3. 카이가 눈의 여왕을 따라간 머나먼 곳은 어디일까요? 자유롭게 상상하여 보기 처럼 써 보세요.

보기 강을 건너면 만날 수 있는 곳

게르다가 강물에 구두를 던지자 어디선가 작은 배가 둥실둥실 떠내려와 게르다 앞에 멈춰 섰어요.

"이 배를 타라는 말이니?"

게르다가 올라타자 작은 배는 강물을 타고 천천히 흘러갔어요. 그리고 꽃들이 아름답게 피어 있는 *동산에 도착했답니다. 배에서 내린 게르다는 장미가 그려진 모자를 쓴 할머니가 꽃밭을 가꾸는 것을 보았어요.

"할머니, 혹시 카이라는 아이를 보신 적이 있나요? 장미꽃을 좋아하는 아이랍니다."

외로운 할머니는 게르다를 보자 함께 살고 싶어졌어요. 그래서 마법을 걸어 게르다의 기억을 모두 지워 버렸지요. 그리고 카이가 생각나지 않도록 키우던 장미들도 모두 땅속에 꽁꽁 숨겨 버렸어요.

* **동산**: 마을 가까이 있는 작은 산이나 언덕.

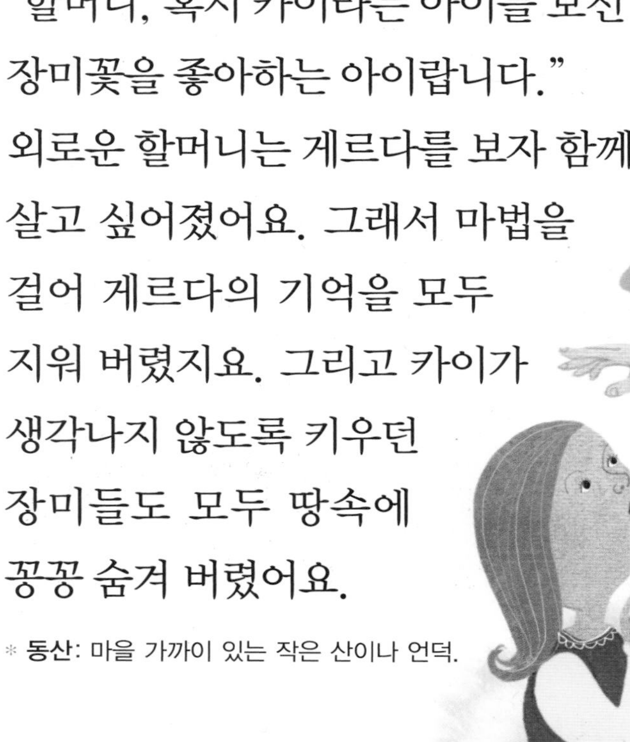

사회 탐구 1. 게르다는 배를 타고 꽃들이 핀 동산에 도착했습니다. 다음 중 배를 타고 내리는 곳은 어디인가요? (   )

① 

기차역

② 

비행장

③ 

선착장

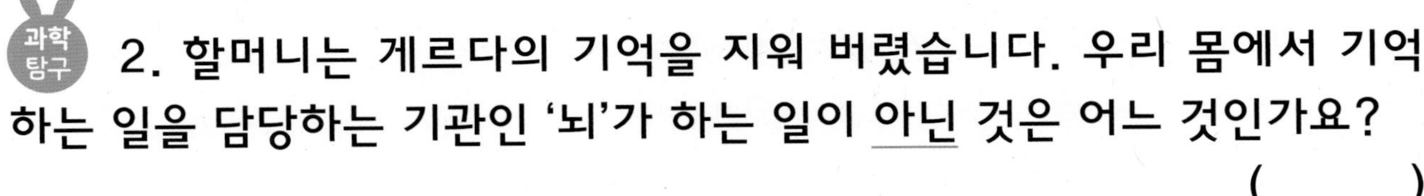

과학 탐구 2. 할머니는 게르다의 기억을 지워 버렸습니다. 우리 몸에서 기억하는 일을 담당하는 기관인 '뇌'가 하는 일이 아닌 것은 어느 것인가요? (   )

① 운동을 할 수 있도록 지시합니다.

② 감각을 느낄 수 있도록 지시합니다.

③ 컴퓨터가 인식해서 작동하도록 지시합니다.

논술 3. 할머니는 게르다와 함께 살고 싶어서 게르다의 기억을 지워 버렸습니다. 여러분에게 지우고 싶은, 나쁘거나 슬픈 기억은 무엇이 있는지 보기 와 같이 써 보세요.

보기 가장 친한 친구가 제주도로 이사 간 기억을 지우고 싶습니다.

게르다는 집도 카이도 모두 잊고 말았어요.
할머니의 아름다운 꽃밭에서 매일 화려한 꽃들을 구경하고
달콤한 향기를 맡으며 즐겁게 놀았지요.
그러던 어느 날, 게르다는 할머니의 모자에 그려진 장미를 발견했어요.
그리고 까맣게 잊고 있던 카이를 떠올렸답니다.
"맞아! 카이를 찾아야 해! 어떻게 카이를 잊고 있었지?"
게르다는 카이를 찾으러 가야 한다며 할머니에게 작별* 인사를 했어요.
그러나 할머니는 게르다를 잡고 놓아주지 않았지요.
"가지 마라! 외로운 늙은이를 두고 어디를 가겠다는 거니?"
게르다는 할머니 팔을 뿌리치고 달아나며 소리쳤어요.
"미안해요, 할머니! 하지만 카이를 꼭 찾아야 해요."

* **작별**: 헤어질 때 나누는 인사나 헤어지는 행동.

언어 1. 게르다가 다음 중 무엇을 보고 카이를 다시 떠올렸는지 알맞은 것에 ◯표 하세요.

(1)

할머니의 모자에
그려진 장미를 보고
(　　　)

(2)

할머니가 가꾼
아름다운 꽃밭을 보고
(　　　)

붙임 딱지 붙여요.

언어 2. 보기 의 밑줄 친 말과 바꾸어 쓰기에 어울리지 않는 것은 어느 것인가요? (　　　)

보기 외로운 늙은이를 두고 어디를 가겠다는 거니?

① 쓸쓸한　　② 무서운　　③ 의지할 곳 없는

논술 3. 이 글의 할머니와 같이 나이가 들면 무엇이 가장 힘들지 생각하여 보기 와 같이 써 보세요.

보기 외로워서 힘들어요.

정신없이 달리는 게르다의 머리 위로 눈이 내렸어요. 할머니 집에서 지내는 동안 봄과 여름과 가을이 가고 어느새 겨울이 되어 버린 것이지요.

게르다는 카이를 찾아 이곳저곳을 헤맸어요. 하지만 카이가 간 곳을 알 수 없었답니다.

지친 다리를 쉬며 바위에 앉아 있던 게르다는 눈물을 흘리며 혼잣말로 중얼거렸어요.

"카이, 어디로 간 거니?"

그때 까마귀가 게르다에게 물었어요.

"혹시 귀엽게 생긴 남자아이를 찾는 거니?"

게르다는 까마귀에게 카이에 대한 이야기를 들려주었어요.

"왕궁에서 공주님과 사는 아이인 것 같구나."

까마귀는 게르다를 공주가 사는 왕궁으로 데려갔어요.

언어 1. 게르다는 카이를 찾다가 지친 다리를 쉬려고 바위에 앉았습니다. 이 글에 나온 '다리'와 같은 뜻을 가진 것은 무엇인가요? (   )

① 
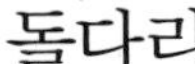
돌다리

② 
한강의 다리

③ 
타조의 다리

사회탐구 2. 게르다는 까마귀를 만났습니다. 다음과 같이 우리나라에서 까마귀와 관련된 전설이 있는 날은 언제일까요? (   )

> 전설 속의 견우와 직녀가 만나는 날로, 음력 7월 7일입니다.
> 사랑에 빠진 견우와 직녀는 옥황상제를 화나게 만들어서, 1년에 한 번만 만날 수 있게 되었습니다. 견우와 직녀가 은하수를 건너서 만날 때, 까치와 까마귀가 날개를 펴서 다리를 만들어 준다고 합니다.

① 칠석날 ② 어린이날 ③ 대보름날

논술 3. 까마귀는 자신이 본 아이에 대해 다음과 같이 특징을 잡아 설명했습니다. 여러분은 어떤 특징이 있는지 간단한 자기소개를 해 보세요.

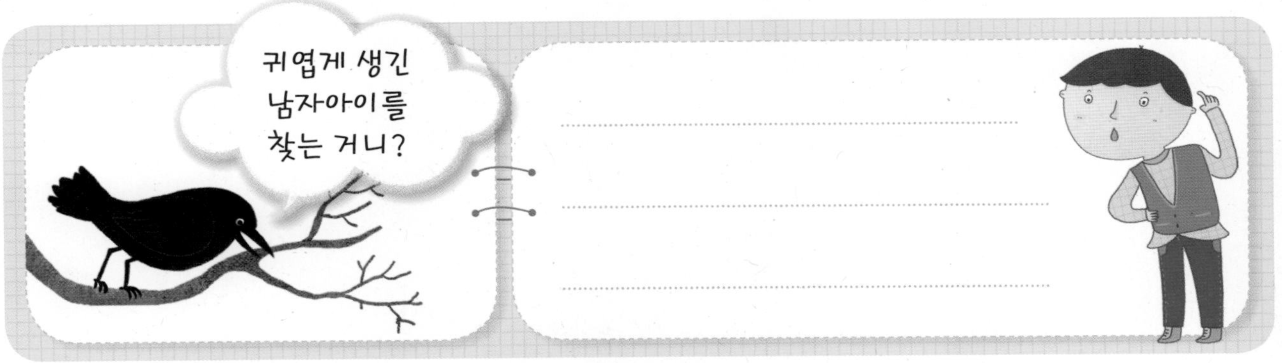

하지만 왕궁에서 공주와 사는 아이는 카이가 아니었어요.
"아아, 카이는 도대체 어디에 있는 걸까?"
공주는 사라진 친구를 찾는다는 게르다의 이야기를 듣고,
반짝반짝 빛나는 황금 마차를 내주었어요.
"게르다, 이 마차를 타고 친구를 찾으러 가렴."
"정말 고마워요, 공주님."
게르다를 태운 마차가 숲을 지날 때였어요.
갑자기 어디선가 도둑들이 우르르 나타났어요.
게르다는 마차도 빼앗기고 동굴에도 갇히고 말았지요.
매일 울고 있는 게르다에게 어느 날, 도둑의 딸이 물었어요.
"넌 왜 그렇게 매일 우는 거니?"
게르다는 친구 카이를 찾으러 다니다가 이곳에 잡혀 오게 된 이야기를 도둑의 딸에게 들려주었어요.

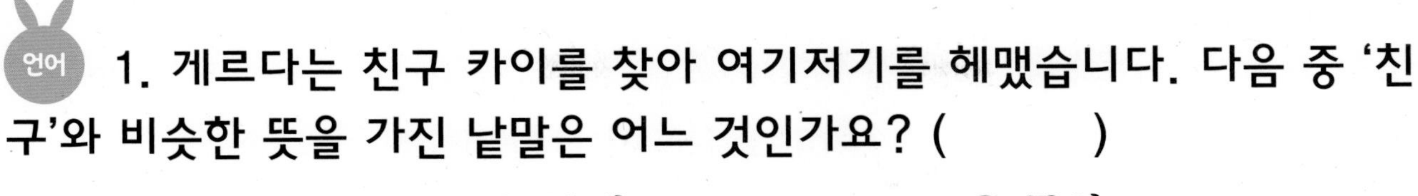

언어 1. 게르다는 친구 카이를 찾아 여기저기를 헤맸습니다. 다음 중 '친구'와 비슷한 뜻을 가진 낱말은 어느 것인가요? (　　　)

① 동무　　② 동생　　③ 동산

사회탐구 2. 게르다는 공주가 준 황금 마차를 타고 갔습니다. 다음 중 바퀴가 있는 탈것이 아닌 것은 어느 것인가요? (　　　)

①

자동차

②

자전거

③

열기구

논술 3. 게르다는 친구 카이를 찾아 떠났습니다. '친구'를 넣어 보기 와 같이 짧은 글을 지어 보세요.

보기 게르다는 친구 카이를 찾으러 다녔습니다.

도둑의 딸이 기르는 비둘기가 말했어요.
"카이라는 아이가 눈의 여왕을 따라가는 걸 보았지."
"정말이니? 날 그곳으로 데려다줘. 제발!"
게르다가 어찌나 간절하게 부탁하는지
마음 약한 도둑의 딸은 가만있을 수가 없었어요.
"좋아, 내가 널 풀어 줄 테니 친구를 찾으러 가렴."
게르다는 도둑의 딸이 빌려준 순록*을 타고
눈의 여왕이 산다는 라플란드*로 달려갔어요.
하지만 그곳에는 눈의 여왕이 사는 궁전이 없었지요.
게르다는 슬퍼서 눈물을 흘리며,
라플란드에서 만난 할머니에게 물었어요.
"할머니, 제 친구 카이를 찾으려면 눈의 여왕이 사는 궁전으로 가야 해요.
어떻게 해야 할까요?"

* **순록**: 추운 북극 지방에 사는, 회갈색 털과 큰 뿔을 가진 사슴을 닮은 동물.
* **라플란드**: 유럽 북쪽 스칸디나비아반도의 북부 지역.

사회 탐구 1. 게르다는 순록을 타고 카이를 찾으러 갔습니다. 다음 사진을 보고 탈것의 발전 순서에 따라 (   ) 안에 번호를 쓰세요.

(1) 마차 (   )

(2) 비행기 (   )

(3) 자동차 (   )

2주 3일 학습 끝!
붙임 딱지 붙여요.

언어 2. 도둑의 딸이 게르다를 풀어 준 까닭을 바르게 말한 친구를 찾아 ○표 하세요.

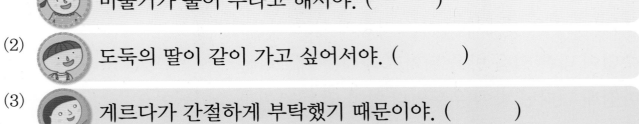

(1) 비둘기가 풀어 주라고 해서야. (   )

(2) 도둑의 딸이 같이 가고 싶어서야. (   )

(3) 게르다가 간절하게 부탁했기 때문이야. (   )

논술 3. 게르다는 카이를 찾아 여러 곳을 헤매고 다녔습니다. 슬퍼하는 게르다를 격려하고 위로하는 글을 써 보세요.

게르다의 눈물을 닦아 주며
할머니가 말했어요.
"얘야, 현명한* 핀란드* 할머니에게
물어보면 눈의 여왕이 사는 궁전을
알 수 있을지도 모르겠구나."
"고맙습니다, 할머니."

게르다는 순록을 타고 핀란드 할머니가 사는 곳으로 갔어요.
핀란드 할머니는 카이를 구할 수 있는 것은 따뜻하고 순수한
어린이의 마음이라는 말과 함께, 카이가 있는 곳을 가르쳐 주었어요.
게르다는 다시 순록을 타고 카이가 있는 곳을 향해 달려갔지요.
눈의 여왕이 사는 얼음 궁전은 몹시 추웠어요.
"이렇게 추운 곳에서 카이는 어떻게 살고 있을까?"
수없이 많은 얼음 방을 뒤지고 다니던 게르다는
마침내 커다란 방에 우두커니 앉아 있는 카이를 찾아냈어요.

* **현명하다**: 어질고 슬기로워 사물의 여러 이치에 밝다.
* **핀란드**: 유럽 북쪽 스칸디나비아반도에 있는 공화국.

사회 탐구 1. 게르다에게 카이가 있는 곳을 알려 준 현명한 할머니가 사는 나라는 어디인가요? 이 글에서 찾아 오른쪽 지도에 색칠해 보세요.

사회 탐구 2. 눈의 여왕이 사는 곳은 얼음 궁전입니다. 다음 중 얼음 궁전처럼 얼음으로 지은 집은 어느 것인가요? (   )

①

이글루

②

초가집

③

수상 가옥

논술 3. 게르다는 카이가 추운 곳에서 지내는 것을 걱정했습니다. 만약 여러분이 추운 곳에 산다면 추위를 이겨 내기 위해 어떻게 하면 좋을까요? 보기 와 같이 써 보세요.

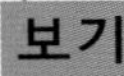
보기 나는 많이 움직여서 몸을 따뜻하게 만들겠습니다.

"카이! 나야 게르다.
내가 널 얼마나 찾아다녔는지 아니?"
게르다는 반갑게 카이의 손을 잡았어요.
하지만 카이는 게르다를 알아보지 못하는 듯
차가운 눈으로 멍하니 바라볼 뿐이었어요.
"카이, 우리가 함께 키운 장미꽃이 기억나지 않니?
겨울이면 함께 썰매도 탔잖아."
카이는 게르다의 손을 *냉정하게 뿌리쳤어요.
"아아, 카이! 그렇게 *상냥하고 다정하던 네가 나를 못 알아보다니……."
게르다는 *예전에 장미꽃을 보며 카이와 함께 불렀던
노래를 부르며 눈물을 흘렸어요.
게르다가 흘린 눈물이 카이에게 떨어지자,
노래를 듣던 카이의 눈에서도 갑자기
주르륵 눈물이 흘러내렸어요.

* **냉정하다**: 행동이나 말이 정다운 맛이 없고 차갑다.
* **상냥하다**: 말씨나 성질이 싹싹하고 부드럽다.
* **예전**: 꽤 오래된 지난날.

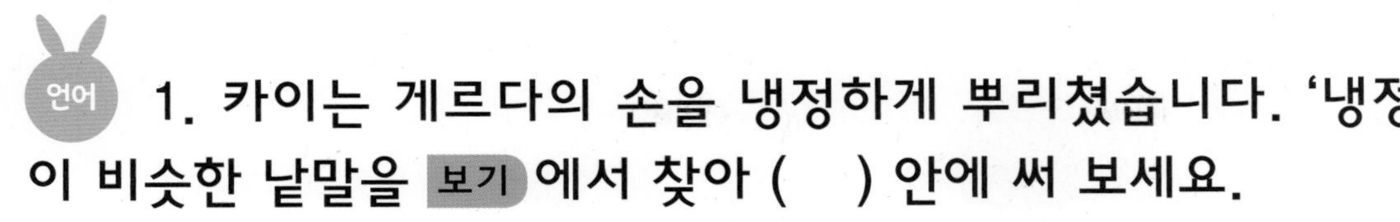

언어 **1. 카이는 게르다의 손을 냉정하게 뿌리쳤습니다. '냉정하게'와 뜻이 비슷한 낱말을 보기 에서 찾아 (   ) 안에 써 보세요.**

보기 차갑게 다정하게 상냥하게

카이는 게르다의 손을 (   ) 뿌리쳤어요.

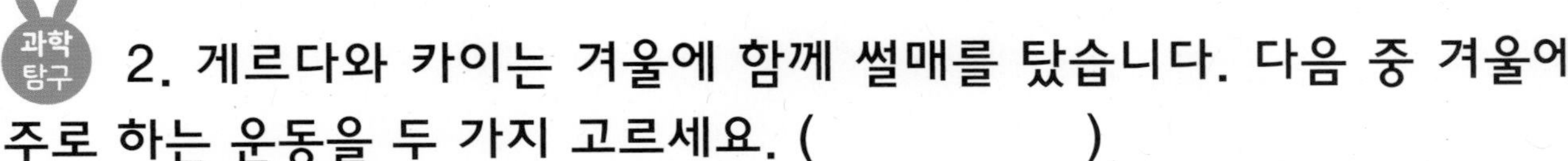

과학 탐구 **2. 게르다와 카이는 겨울에 함께 썰매를 탔습니다. 다음 중 겨울에 주로 하는 운동을 두 가지 고르세요. (   )**

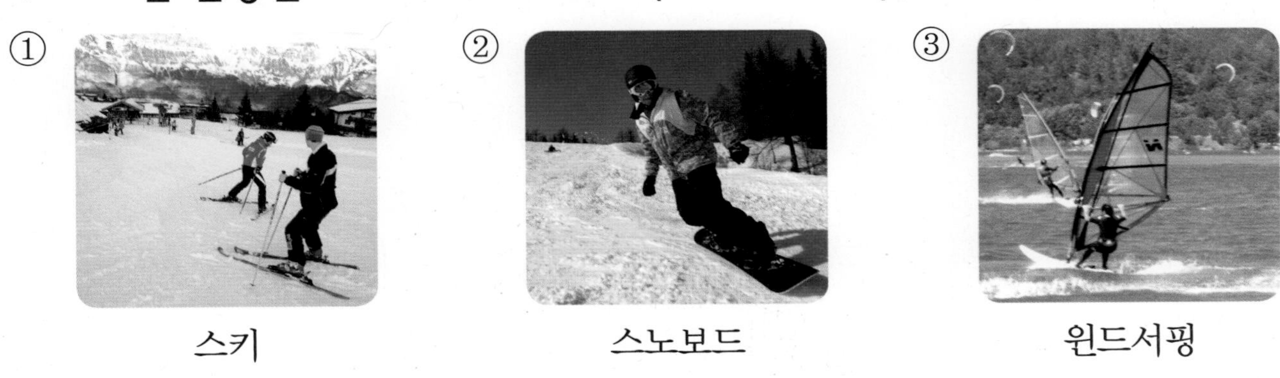

① 스키 ② 스노보드 ③ 윈드서핑

논술 **3. 예전에 카이와 게르다는 장미꽃을 보며 어떤 노래를 불렀을까요? 보기 와 같이 상상해서 노랫말을 지어 보세요.**

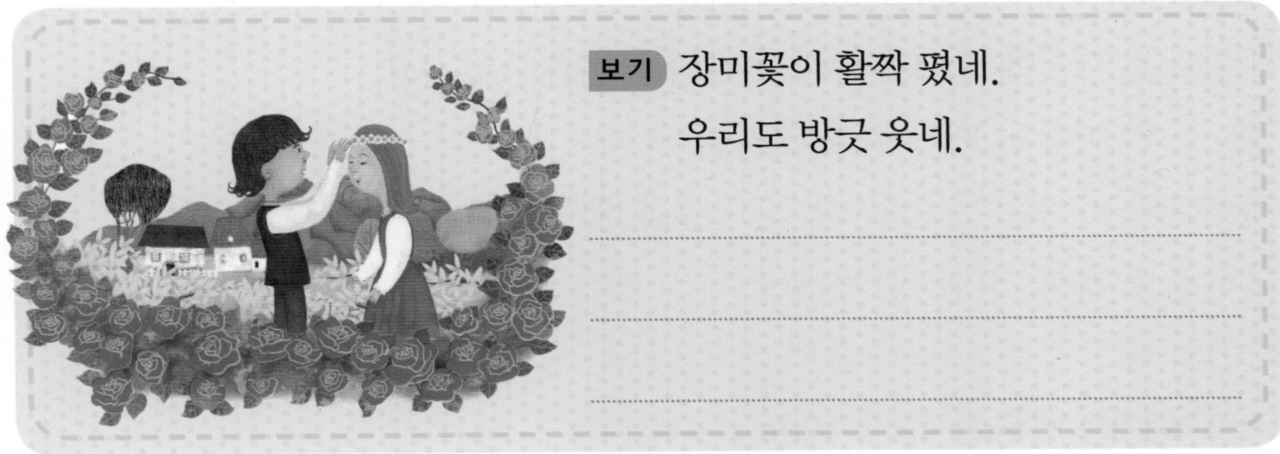

보기 장미꽃이 활짝 폈네.
우리도 방긋 웃네.

카이가 흘리는 눈물과 함께 카이의 눈에 박혀 있던 악마의 거울 조각이 빠져나왔어요. 그러자 카이의 얼어붙은 심장이 사르르 녹았지요. 그리고 울고 있는 게르다를 알아보게 되었어요.

“게르다! 우리가 왜 이런 곳에 있는 거니?”

“카이, 이제 날 알아보겠니?”

게르다는 카이가 다시 예전의 다정한 친구로 돌아온 것을 알 수 있었어요. 게르다는 카이에게 그동안의 이야기를 들려주었지요.

“자, 눈의 여왕이 오기 전에 여기를 빠져나가야 해.”

게르다와 카이는 두 손을 꼭 잡고 얼음 궁전을 빠져나왔어요. 그리고 숲에서 기다리던 순록을 타고 집으로 돌아왔지요. 카이와 게르다는 그사이 훌쩍 커 있었고, 다시 빛나는 여름을 볼 수 있었답니다.

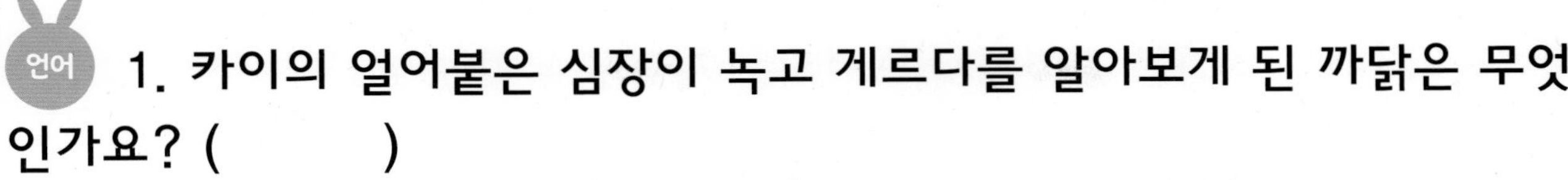

언어 1. 카이의 얼어붙은 심장이 녹고 게르다를 알아보게 된 까닭은 무엇인가요? (　　　)

① 카이가 게르다의 예쁜 모습에 반해서

② 카이가 게르다의 예쁜 마음에 반해서

③ 카이가 울 때 악마의 거울 조각이 빠져나와서

언어 2. 카이와 게르다는 무엇을 타고 집으로 돌아왔나요? 알맞은 것을 찾아 ○표 하세요.

(1) 말 (　　　)　　(2) 순록 (　　　)

(3) 북극곰 (　　　)

2주 4일 학습 끝!

붙임 딱지 붙여요.

논술 3. 카이는 게르다 덕분에 무사히 집으로 돌아왔습니다. 여러분이 카이가 되어 게르다에게 감사하는 마음을 담은 편지를 써 보세요.

게르다에게

카이가

되돌아봐요

1 "눈의 여왕"의 다음 장면에서 느껴지는 계절은 무엇인가요? 빈칸에 알맞은 계절의 이름을 써 보세요.

(1)

(2)

2 다음 중 게르다가 카이를 찾을 수 있도록 도와주려고 한 것은 누구인가요? 찾아서 ( ) 안에 ○표 하세요.

(1)

할머니 ( )

(2)

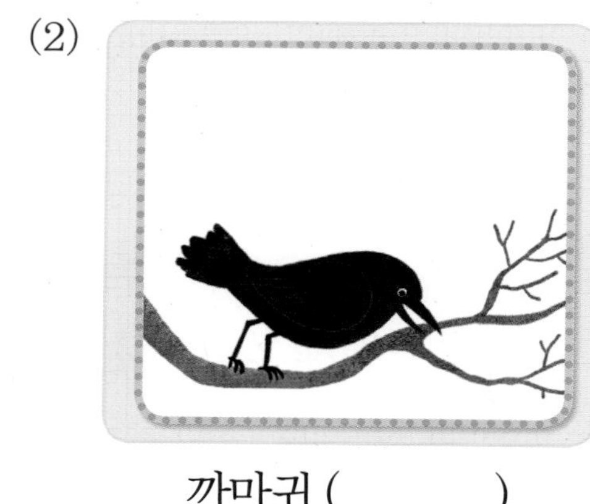

까마귀 ( )

(3)

도둑 ( )

(4)

눈의 여왕 ( )

3 "눈의 여왕"을 읽고, 이야기의 순서에 맞게 번호를 써 보세요.

(1)

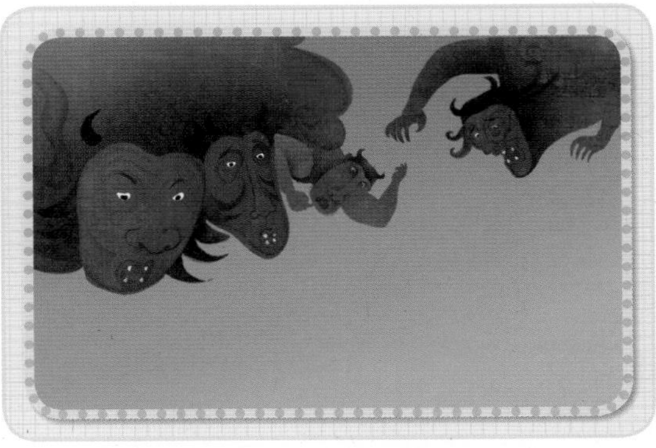

사악한 대마왕은 악마의 거울을 만들었습니다.

(2)

게르다는 도둑들에게 잡혀 황금 마차를 빼앗겼습니다.

(3)

게르다와 썰매를 타던 카이의 눈에 악마의 거울 조각이 들어갔습니다.

(4)

카이는 눈의 여왕을 따라 머나먼 곳으로 떠났습니다.

(5)

게르다는 순록을 타고 눈의 여왕이 산다는 곳을 찾아갔습니다.

(6)

기억을 되찾은 카이는 게르다와 함께 눈의 궁전을 빠져나왔습니다.

( )→( )→( )→( )→( )→( )

눈의 나라를 상상해 보아요!

눈의 모양은 어떻게 생겼을까요?

"눈의 여왕" 이야기에 자주 나오는 '눈'은 공기 중의 수증기가 차가운 기운을 만나 얼어서 땅으로 떨어지는 얼음의 결정체예요.

눈송이는 다 똑같아 보여도 돋보기나 현미경으로 확대해서 보면 여러 가지 모양이 있어요. 눈의 모양은 눈이 만들어질 때 공기의 온도와 공기에 있는 수증기의 양에 따라 달라져요.

눈 결정의 모양이에요.
대부분은 육각형
모양이지요.

얼음덩어리인 빙하는 어떻게 생겼을까요?

수백 년 동안 땅에 쌓인 눈이 녹지 않으면 크고 단단한 얼음덩어리가 되어요. 이것을 '빙하'라고 하는데, 빙하는 강물을 만나도 잘 녹지 않아요.

빙하는 주로 추운 극지방에 있는데, 남극 대륙이나 그린란드를 덮은 커다란 '대륙 빙하'와 알프스산맥이나 히말라야산맥처럼 폭이 좁은 리본 모양으로 생긴 '산악 빙하'가 있어요.

북극 지방에는 어떤 동물이 살까요?

북극 지방은 북극을 둘러싸고 있는 육지와 바다를 통틀어 이르는 말이에요. 1년 내내 얼음으로 뒤덮여 있지만, 북극 지방에는 추위에 적응하면서 살아가는 동물들이 있어요. 북극곰을 비롯해서 바다표범, 순록, 사향소, 북극여우 등이 북극에 살고 있어요.

북극곰

사향소

북극여우

극지방에는 오로라가 뜬대요

북극과 남극처럼 극지방에서는 '오로라'를 볼 수 있어요. 오로라는 태양에서 전기를 띤 작은 물질이 날아와 지구를 둘러싼 공기 중의 알갱이들과 부딪혀 생기는 아름다운 빛이에요.

빨강, 파랑, 노랑, 연두, 분홍 등의 아름다운 색이 커튼처럼 펼쳐져 있어요.

눈 오는 겨울철에 할 수 있는 놀이들이 있습니다. 여러분이 겨울철에 해 보았거나 하고 싶은 놀이는 무엇이 있는지 써 보세요.

내가 할래요

계절에 맞는 옷을 입혀 주세요!

우리나라에는 봄, 여름, 가을, 겨울의 사계절이 있어요. 계절마다 우리는 기후에 맞는 옷을 입지요. 사계절의 변화에 맞게 친구의 옷을 그려 주세요.

봄

여름

확인할 내용	잘함	보통임	부족함
1. 이번 주 학습을 5일(월요일~금요일) 안에 끝마쳤나요?			
2. 글을 읽고 일이 일어난 순서에 맞게 말할 수 있나요?			
3. 등장인물들의 말과 행동에 담긴 생각을 잘 이해하였나요?			
4. 겨울철 날씨와 추운 극지방의 모습을 이해하였나요?			

가을

겨울

붙임 딱지 붙여요.

3주
나뭇잎을 관찰해요

생각톡톡 집이나 학교 주변에서 볼 수 있는 꽃이나 나무를 한 가지 써 보세요.

관련교과 **[통합교과 봄1]** 봄의 모습 살피기 / 새싹을 관찰하고 기록하기 / 꽃과 새싹 살피기
[통합교과 여름2] 주변의 식물 조사하고 표현하기 / 여름 풍경 살피기

3주 01

나뭇잎을 관찰해요

할아버지!
오, 풀잎이 왔구나.
뭐 하세요?
생김새에 따라 나뭇잎을 나눠 보고 있단다.

나뭇잎 모양은 다 비슷하지 않아요?
무슨 소리! 모양이 얼마나 다양한데!

잎은 소나무잎처럼 좁은 것, 동백나무잎처럼 넓은 것이 있어. 또 단풍나무처럼 잎의 가장자리가 갈라진 것, 아까시나무처럼 갈라지지 않은 것이 있지. 목련처럼 한 장인 것, 아까시나무처럼 여러 장인 것도 있단다.

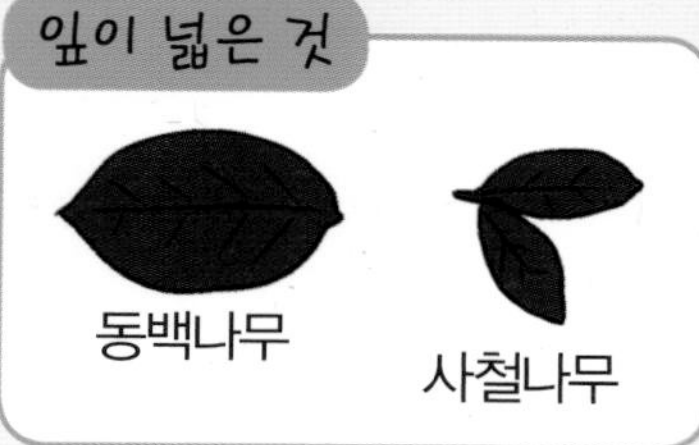

잎이 넓은 것

수수꽃다리

잎이 한 장인 것

생각보다 잎의 생김새가 다양하지?
그, 그런데 그게 다 뭐냐?

어이쿠, 많이도 모았네.

1. 보기 의 잎들을 생김새에 따라 나누어 기호를 쓰세요.

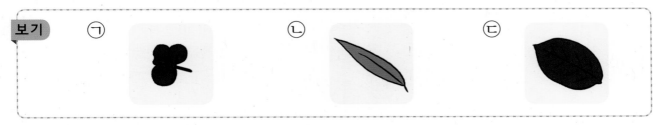

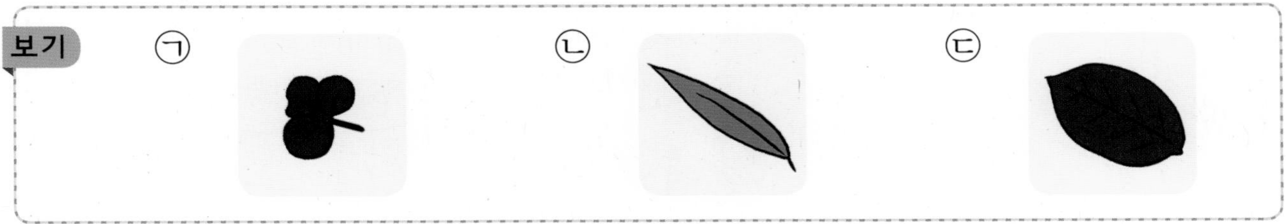

(1) 잎이 좁은 것과 넓은 것으로 나누면?

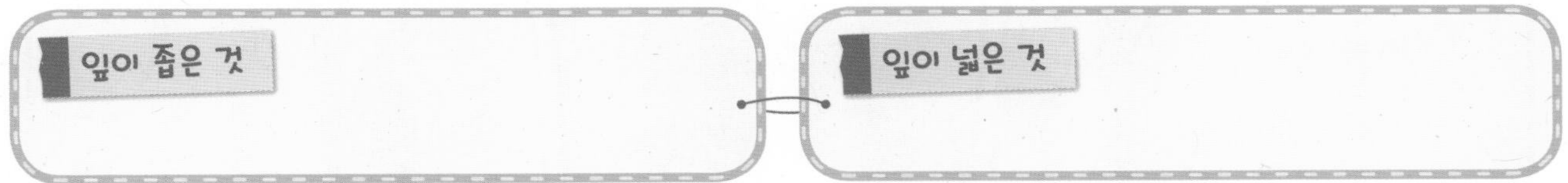

(2) 잎의 개수에 따라 나누면?

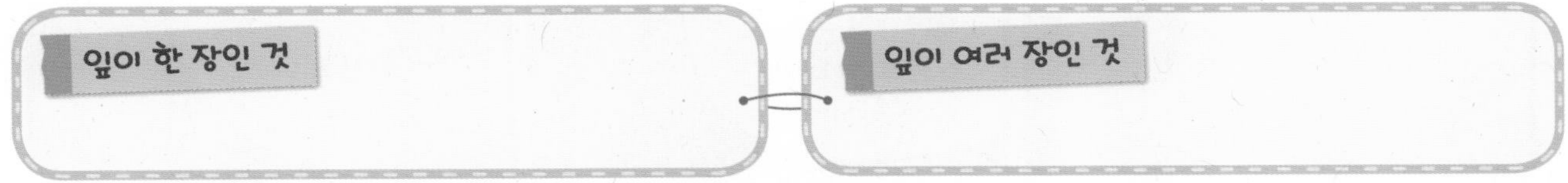

과학 탐구 2. 다음에서 잎의 가장자리는 어디인가요? (   )

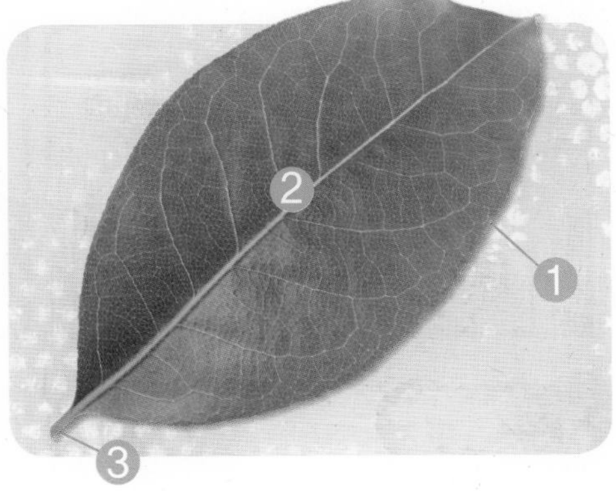

논술 3. 보기 에서 여러분의 마음에 드는 모양의 잎과 그 까닭을 함께 써 보세요.

➜

계절에 따라 나뭇잎도 달라져요

우앙! 이를 어쩌면 좋아?
풀잎이 왜 우니?

지난해 사진들을 그만 쏟고 말았어요. 차례차례 정리해야 하는데…….
엉엉

걱정 마라. 이 할아버지가 도와주마. 나뭇잎을 관찰하면 언제 찍은 사진인지 알 수 있거든.
정말요?

음, 나뭇잎이 연두색 새싹이지? 이건 봄에 찍은 거구나.

이 사진은 싱그러운 초록색이니까 여름이겠지?
맞아요, 여름에 산에서 찍은 거예요.

이건 빨간색 나뭇잎이 있으니까, 가을이죠?
그렇지. 그걸 단풍이라고 한단다.

이건 나뭇잎이 떨어지고 없으니까 겨울이고요?
그래, 이제 척척이구나.

나무는 잎을 떼어 내고 추운 겨울을 준비하는 거란다.
아니, 그런데!
왜요?
휙

이 녀석, 내 초콜릿이 어디 갔나 했더니!
으아, 그 사진이 왜 거기 있지?

1. 나뭇잎의 상태를 살펴보고, 알맞은 계절을 찾아 줄로 이으세요.

(1) 
(2) 
(3) 
(4) 

㉠ 봄 ㉡ 여름 ㉢ 가을 ㉣ 겨울

2. 다음 중 '단풍'을 바르게 설명한 것은 무엇인가요? (　　　)

① 울긋불긋 변해서 알아보기 힘든 색
② 가을에 나뭇잎이 붉거나 누런빛으로 변하는 일
③ 학교에서 자연을 관찰하거나 유적을 보러 가는 일

3. 다음은 단풍잎입니다. 계절에 따라 알맞은 색으로 칠해 보세요.

가을의 단풍을 관찰해요

우아,
단풍잎이
정말 예뻐요!

단풍이 그렇게
좋니?
네, 정말
예뻐요.

그럼 풀잎아,
단풍은 왜
생길까?
그,
글쎄요.

날씨가 춥구나.
애고고,
기운 없어.
대롱
대롱
날씨가
추워지면
나뭇잎이
힘을 잃기
때문이야.

엽록소
나뭇잎에는
*엽록소라는
초록색을 띠는
성분이 있는데,
쌀쌀한 가을이
되면 줄어들지.

그러면 잎 속에 숨어 있던
노란색, 빨간색, 갈색이
겉으로 보이는 거야.

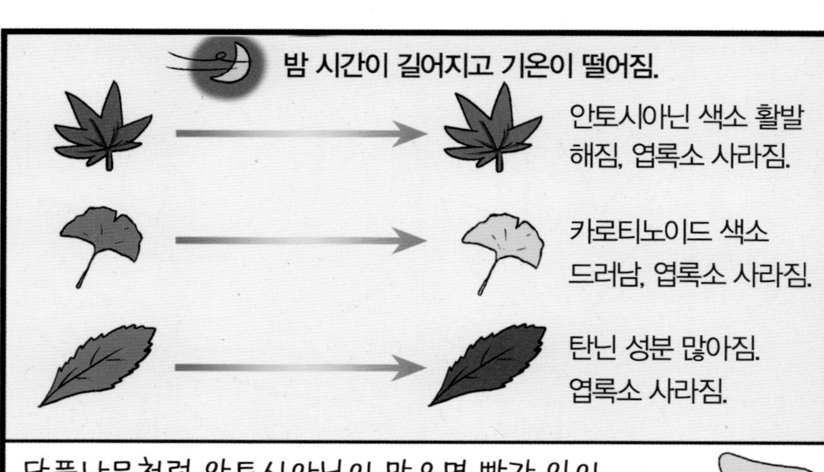
밤 시간이 길어지고 기온이 떨어짐.
안토시아닌 색소 활발
해짐, 엽록소 사라짐.
카로티노이드 색소
드러남, 엽록소 사라짐.
탄닌 성분 많아짐.
엽록소 사라짐.

단풍나무처럼 안토시아닌이 많으면 빨간 잎이,
은행나무처럼 카로티노이드가 많으면 노란 잎이,
참나무처럼 탄닌이 많으면 갈색 잎이 된단다.

허허,
이 녀석! 열심히
설명하고
있는데…….
와, 예쁘다!

* **엽록소**: 광합성에 가장 중요한 요소가 되는 녹색 색소.

과학 탐구 1. 다음 중 단풍이 든 나뭇잎이 아닌 것은 무엇인가요? (   )

① 
② 
③ 

과학 탐구 2. 다음 관찰 일기를 보고, (   ) 안에 알맞은 색깔을 써 보세요.

관찰 일기

식물 이름: 은행나무

관찰 날짜: 10월 12일

채집 장소: 학교 앞 가로수

잎의 특징: ① 잎이 갈라져 있습니다.

② 앞면과 뒷면의 색이 같습니다.

③ 색깔은 (   )입니다.

논술 3. 가을이 되면 자연에서 느낄 수 있는 변화를 세 가지 써 보세요.

늘 푸른 나뭇잎도 있어요

* **수분**: 축축한 물의 기운.
* **건조하다**: 말라서 물기나 습기가 없다.

읽은 날짜 월 일

언어 1. 다음 빈칸에 들어갈 알맞은 낱말은 어느 것인가요? (   )

상록수는 1년 내내 잎이 [   ] 인 나무입니다.

① 빨간색　　② 초록색　　③ 하얀색

과학탐구 2. 소나무와 동백나무가 서로 같은 점과 다른 점을 이야기하고 있습니다. 빈칸에 들어갈 알맞은 말을 써 보세요.

우리는 사계절 내내 잎이 푸르다는 점이 같지.
다른 점은
(1) 동백나무잎 모양은
(2) 소나무잎 모양은

논술 3. 보기 는 '애국가' 2절의 앞부분 노랫말입니다. 밑줄 친 '소나무' 대신 잎이 늘 푸른 다른 나무를 넣어 써 보세요.

보기 남산 위에 저 <u>소나무</u> *철갑을 두른 듯 바람 서리 *불변함은 우리 기상일세.

＊ **철갑**: 쇠로 둘러씌운 것. 쇠를 겉에 붙여 지은 갑옷.　＊ **불변하다**: 변하지 않다.

특이한 모양으로 변했어요

여기는 어디예요?
여긴 여러 모양의 나뭇잎을 살펴볼 수 있는 식물원이란다.

그래, 한번 잘 찾아보렴.
여러 모양의 나뭇잎이오?

앗! 따가워!
허허, 벌써 하나 찾았구나.

사막의 식물인 선인장은 수분이 빠져나가는 것을 막기 위해 잎이 가시로 변했단다.

그래, 다른 물체를 감고 올라가는 완두의 덩굴손*도 잎이지.
이것도 잎인가요?

벌레가 닿으면 덥석 닫히는 파리지옥의 집게도 잎이란다.
으악, 무서워.

우아, 정말 신기해요!
자라풀처럼 잎이 튜브 같아서 물 위에 둥실둥실 뜰 수 있는 식물도 있단다.

3시간 뒤
풀잎아, 그만 가면 안 되겠니?
조금만 더요. 나뭇잎 관찰이 정말 재밌어요.

* **덩굴손**: 가지나 잎이 실처럼 변하여 다른 물체를 감아 줄기를 지탱하는 가는 덩굴.

과학 탐구 **1. 다음에서 설명하는 식물을 보기 에서 각각 찾아 쓰세요.**

보기 완두 선인장 자라풀 파리지옥

(1) 가시로 변한 잎 ( )

(2) 벌레 잡는 무기로 변한 잎 ( )

언어 **2. 다음 식물의 잎에 어울리는 흉내 내는 말을 찾아 줄로 이으세요.**

(1) 선인장 (2) 자라풀 (3) 파리지옥

㉠ 둥실둥실 ㉡ 덥석덥석 ㉢ 뾰족뾰족

논술 **3. 만약 여러분이 식물이라면 어떤 모양의 나뭇잎을 갖고 싶나요? 그 까닭과 함께 써 보세요.**

식물의 잎은 아주 중요해요

헤헤헤!
이슬아,
뭐 하니?
뚝

그림 그리려고
잎을 땄어요.
안 돼! 식물은
잎이 없으면
큰일 난단다.
휙 휙

그래, 식물에게
잎은 아주
중요하거든.
정말요?

꽃
잎
줄기
열매
뿌리

식물은 크게 잎,
줄기, 뿌리로
이루어져 있어.
꽃과 열매도 있지.
뿌리는 주로 땅속에 있고,
줄기는 잎과 뿌리를 연결해.
식물은 꽃을 피웠다가
열매를 맺기도 한단다.

그중에서도 잎이 없다면
식물은 살아갈 수 없어.
잎은 식물 전체에 양분을
주는 *광합성 작용을 비롯해
많은 일을 하거든.
우아!

잎은 식물이
살아가는 *양분을
만드는 공장인
셈이야.
정말 잎이
없으면 안
되겠네요.

할아버지,
큰일이에요!
겨울에는
나무에 잎이
없잖아요.

걱정 말렴.
겨울이 되기 전에
열심히 양분을 만드니까.

휴,
다행이다.

＊ **광합성**: 녹색식물이 빛 에너지를 이용하여 이산화 탄소와 수분으로 유기물을 합성하는 과정.

＊ **양분**: 영양이 되는 성분.

과학 탐구 1. 다음 방울토마토의 사진을 보고, 식물을 이루는 각 부분의 이름을 보기 에서 찾아 빈칸에 써넣으세요.

보기 꽃 잎 줄기 뿌리 열매

(1) ( )

(2) ( )

(3) ( )

언어 2. 다음 빈칸에 알맞은 말을 보기 에서 골라 쓰세요.

보기 양분 하늘 공장 오염 쓰레기

잎은 식물이 살아가는 [ ] 을(를) 만드는 [ ] (이)다.

3주 2일 학습 끝!

붙임 딱지 붙여요.

논술 3. 식물의 '잎, 줄기, 뿌리, 꽃, 열매' 중 여러분이 가장 중요하다고 생각하는 것은 무엇인가요? 보기 처럼 그 까닭과 함께 써 보세요.

보기 나는 잎이 가장 중요하다고 생각합니다. 왜냐하면 식물이 살아가는 양분을 만들어 주기 때문입니다.

3주
03

잎은 양분을 만들어요

할아버지,
과일 드세요.
오냐.

그런데
할아버지,
식물은
좀 불쌍해요.
왜?

밥이나
과자도
못 먹고,
배고플 것
같아요.

식물은 음식은 먹지
못하지만, 배가
고프진 않을 거야.
양분을 스스로 만들거든.
끄윽

그래.
식물의 잎에 있는
엽록체에서 양분을
만든단다.
정말요?

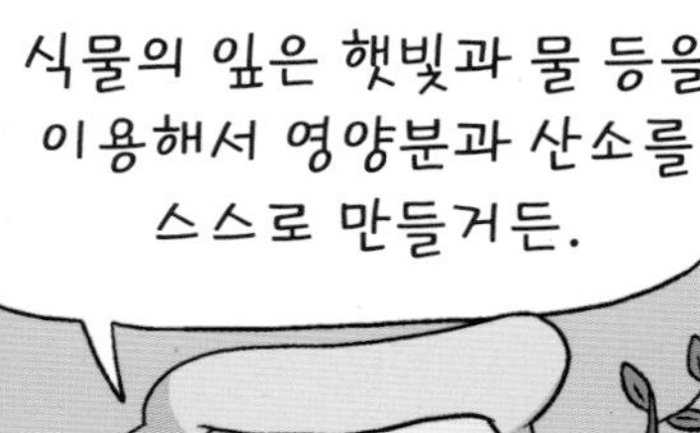
식물의 잎은 햇빛과 물 등을
이용해서 영양분과 산소를
스스로 만들거든.

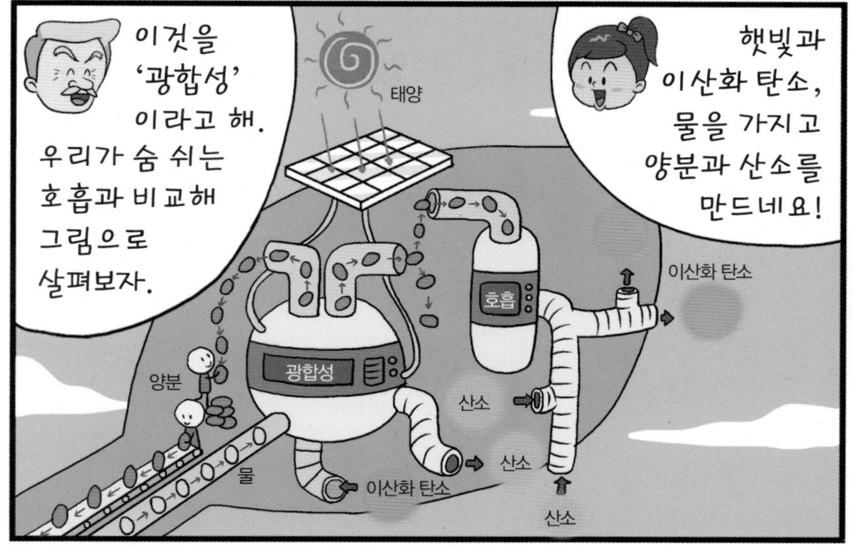
이것을
'광합성'
이라고 해.
우리가 숨 쉬는
호흡과 비교해
그림으로
살펴보자.
햇빛과
이산화 탄소,
물을 가지고
양분과 산소를
만드네요!
태양
호흡
광합성
이산화 탄소
양분
산소
물
이산화 탄소
산소
산소

혼자 양분과
산소까지 만들다니,
정말 기특해요.
그렇지?

1. 다음 중 광합성을 하지 않는 것은 어느 것인가요? (   )

① 

② 

③ 

2. 다음 중 '광합성'을 잘못 이해한 친구는 누구인가요? (   )

① 식물의 잎이 양분을 만드는 활동이야.

② 

잎에 있는 엽록체에서 이루어져.

③ 

물이나 햇빛이 필요 없어.

논술 3. 사람이 식물처럼 광합성을 할 수 있다면 우리의 생활은 어떻게 바뀔까요? 상상하여 보기 처럼 써 보세요.

보기 밥을 먹지 않고 햇볕을 쬘 거예요.

....

....

....

식물도 숨을 쉬어요

풀잎이
뭐 하니?
숨구멍을
찾고 있어요.

책에서 식물도
숨을 쉰다는
글을 읽었어요.
숨구멍?
아, 기공!

기공이오?
그건 어디
있어요?
주로 잎의 뒷면에
있는데, 아주
작아서 현미경으로
봐야 하지.

이것이
식물의
기공이란다.
우아!
입술처럼
생겼어요.

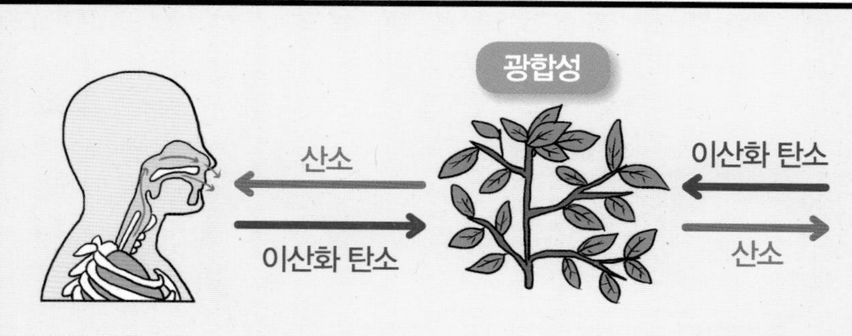
광합성
산소
이산화 탄소
이산화 탄소
산소

사람의 입술과 닮았지만 다른 점이 있지.
사람과 같은 동물은 산소를 마시고 이산화 탄소를
내뱉지만, 광합성을 하는 식물은 이산화 탄소를
마시고 산소를 내뱉거든.

아, 그래서
식물이 많으면
이렇게 공기가
좋은 거군요.
그렇지.
흐읍

그날 밤
이 화분들은
다 뭐냐?
산소를 뿜는
식물을 가까이
하려고요.

밤에는 햇빛이
없어서 광합성을 하지
않고, 이산화 탄소를
내뿜는단다.
네?
으아!
절레 절레

과학 탐구 1. 다음 그림은 식물과 사람이 숨을 쉬는 것을 나타낸 것입니다. 각 화살표가 뜻하는 것으로 알맞은 낱말에 ○표 하세요.

2. 다음을 읽고 맞으면 ○표, 틀리면 ×표 하세요.

(1) 식물의 숨구멍은 뿌리에 있습니다. .... (　　)

(2) 식물의 숨구멍을 기공이라고 합니다. .... (　　)

논술 3. 식물은 우리가 숨 쉬는 데 꼭 필요한 산소를 주고 있습니다. 이렇게 식물이 있어 좋은 점을 생각하여 보기 처럼 써 보세요.

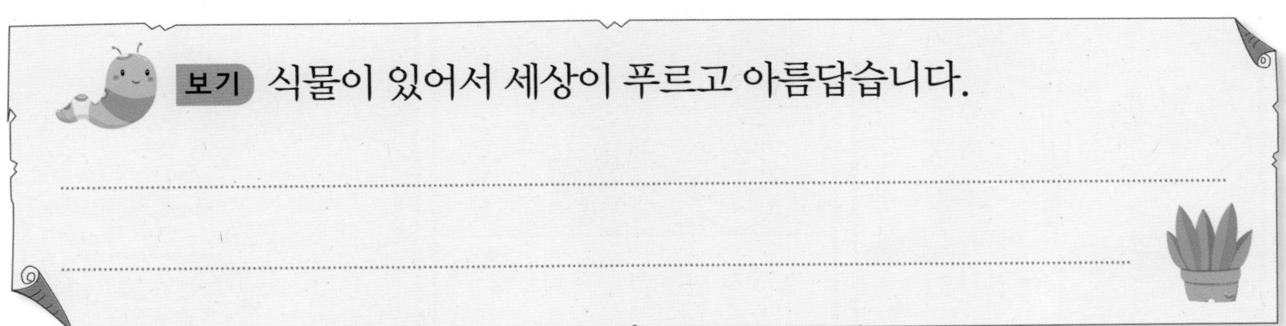

보기 식물이 있어서 세상이 푸르고 아름답습니다.

잎은 수증기를 내보내요

한 개의 가지는 그대로 비닐봉지를 씌우고, 다른 한 개의 가지는 잎을 딴 다음 비닐봉지를 씌우는 거야.

과학 탐구 1. 다음 중 바르게 말하지 못한 친구는 누구인가요? (   )

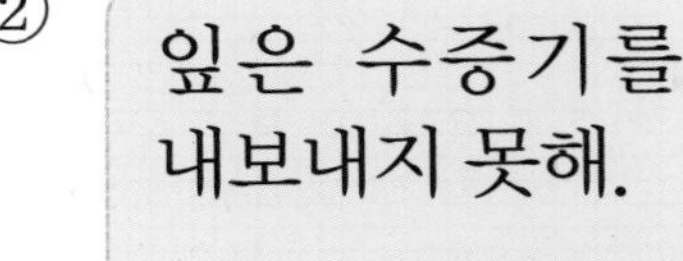

① 잎의 기공에서 수증기가 나와.

② 잎은 수증기를 내보내지 못해.

③ 뿌리로 들어온 물은 줄기를 타고 이동해.

언어 2. 다음 낱말의 뜻을 찾아 이으세요.

(1) 이동 •　　　　• ㉠ 식물이 숨 쉬고 수증기를 내보내는 구멍.

(2) 기공 •　　　　• ㉡ 움직여 옮김. 또는 움직여 자리를 바꿈.

붙임 딱지 붙여요.

논술 3. 식물이 잎으로 물을 내보내는 모습과 비슷한 것을 생각하여 보기 와 같이 써 보세요.

보기 사람이 땀을 흘리는 것 같습니다.

3주
04

잎의 구조를 알아보아요

급 훈
꿈이 있는 사람이 되자
오늘은 나뭇잎을 관찰해서 잎맥을 그려 보겠어요.

잎맥이 뭐예요?
잎맥은 잎에서 물과 양분이 지나는 통로란다.

식물의 잎은 잎맥과 잎자루 등으로 이루어져 있지.
잎맥
잎자루

잎맥은 잎의 뒷면에서 더 잘 보이니 뒷면을 보고 그리렴.
네!

넌 한 방향인 잎맥을 그렸네.
대나무, 강아지풀을 보고 그렸어.

난 그물처럼 퍼진 잎맥을 그렸어.
목련, 떡갈나무 등의 잎맥이네.

둘 다 잘 그렸구나. 나란히 있는 잎맥을 '나란히맥', 그물처럼 퍼진 잎맥을 '그물맥'이라고 부른단다.

어, 선생님 얼굴에도 나란히맥과 그물맥이 있어요.
어?

선생님 이마와 눈가의 주름 말이에요.
띵
뭐, 뭐라고?

과학 탐구 **1. 다음 잎맥의 모양을 보고, 잎맥의 이름과 그 종류를 알맞게 줄로 이으세요.**

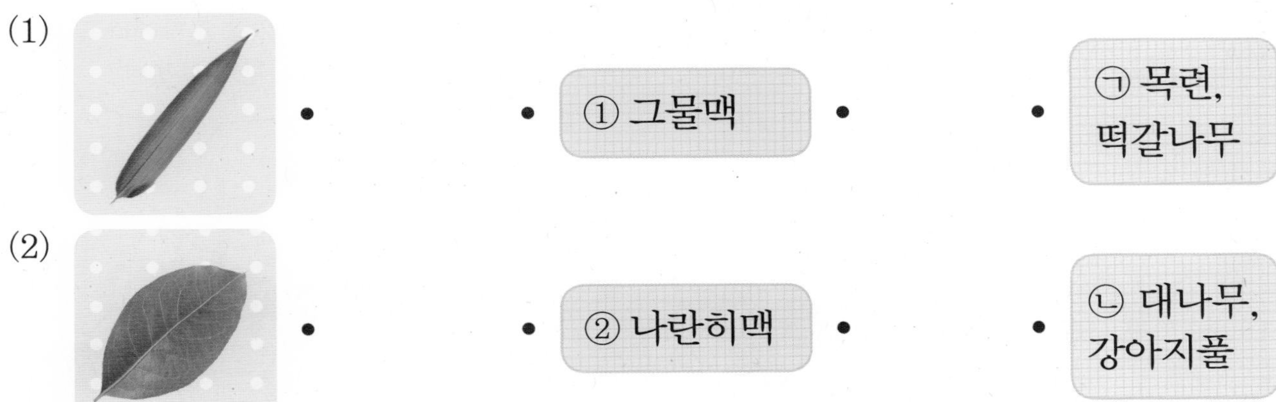

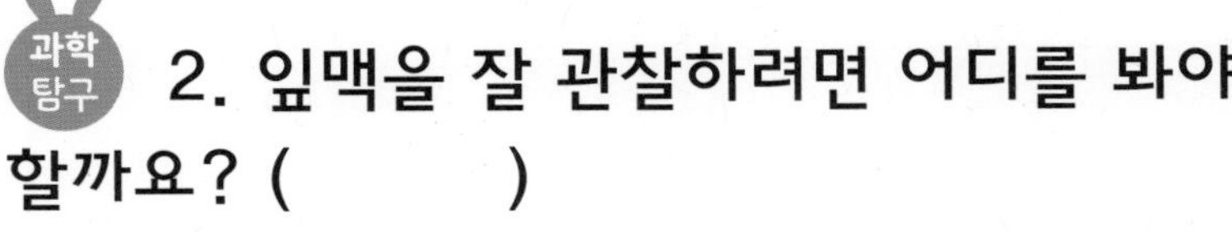

과학 탐구 **2. 잎맥을 잘 관찰하려면 어디를 봐야 할까요? (　　　　)**

① 잎자루
② 잎의 앞면
③ 잎의 뒷면

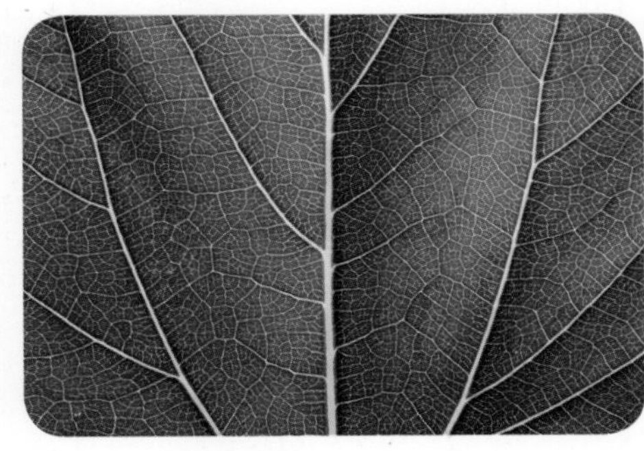

예체능 **3. 여러분 주변에 있는 식물의 잎을 살펴보고, 잎맥의 모양을 그려 보세요.**

잎차례를 알아보아요

할아버지!
안녕하세요?

잎차례를 보고 있었는데 마침 잘 왔구나.
잎차례요?

잎이 줄기에 붙어 있는 모양을 잎차례라고 하지. 한번 보겠니?
네!

어, 이건 잎이 마주 보고 있어요.

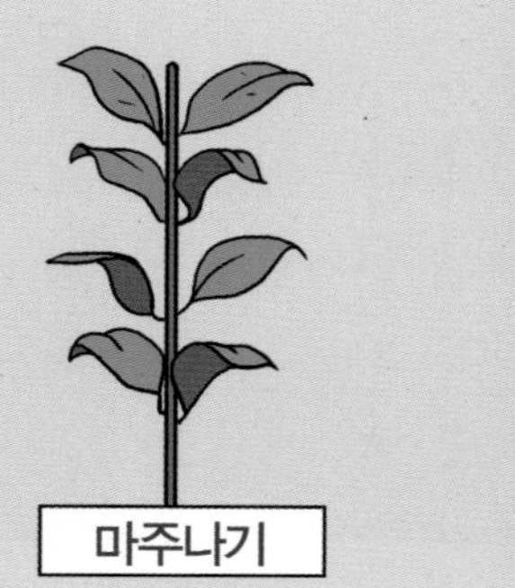

개나리잎은 서로 마주 나서 '마주나기'.

이건 서로 어긋나 있는데요?

해바라기는 잎이 서로 어긋나 '어긋나기'.

우아, 이건 여러 잎이 돌려 나 있어요.

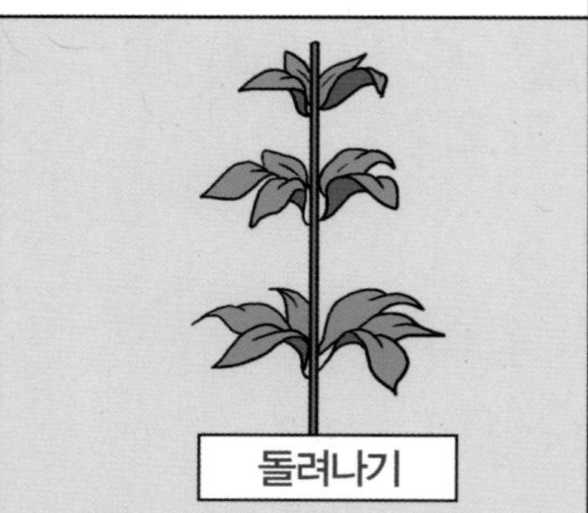

줄기에 잎이 3장 이상 돌려 난 '돌려나기'야.

민들레는 잎이 뿌리에 뭉쳐 있어요.

그래서 '뿌리나기'라고 부른단다.

식물의 잎은 이렇게 서로 겹쳐 나지 않아 햇빛을 골고루 받는단다.
아하!
끄덕

잎이 나는 데 이런 규칙이 있는 줄은 몰랐어요.
그렇지?
긁적
긁적

1. 잎차례에 따라 잎이 줄기에 붙어 있는 모양을 그려 보세요.

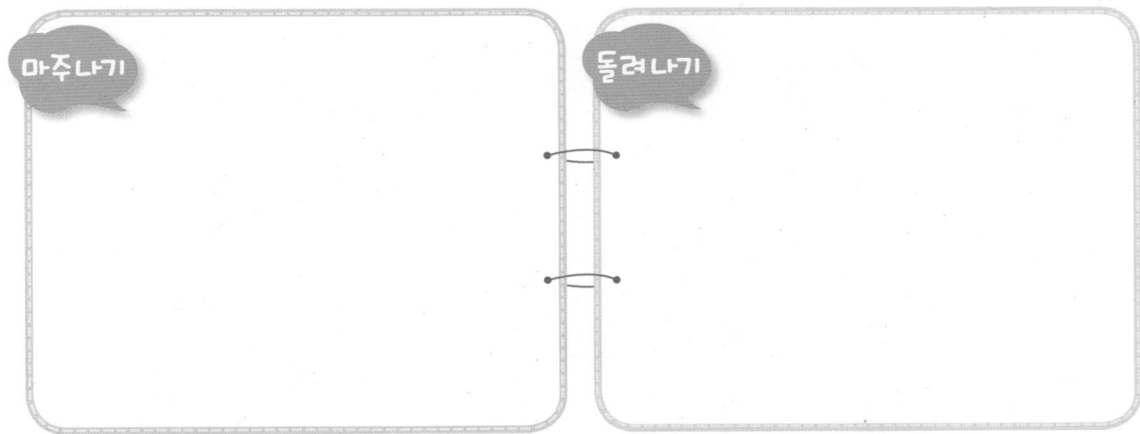

2. 다음 중 민들레의 잎이 나 있는 모양은 어느 것인가요? (   )

① 

② 

③ 

논술 3. 주변에서 식물의 잎이 난 모양을 관찰해 보고, 관찰한 식물의 이름과 그 식물의 잎차례가 무엇인지 보기 처럼 써 보세요.

보기 개나리의 잎차례는 마주나기입니다.

식물의 각 부분을 알아보아요

* **모종**: 옮겨 심으려고 가꾼, 벼 이외의 온갖 어린 식물. * **번식**: 늘어서 많이 퍼짐.

과학
탐구

1. 식물의 각 부분과 하는 일을 찾아 알맞게 줄로 이으세요.

(1) 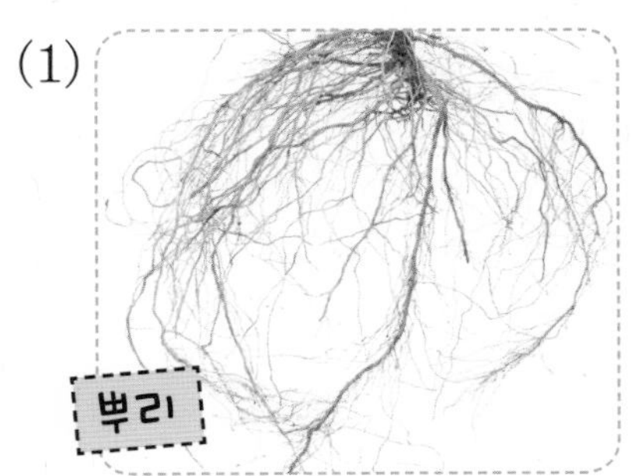

(2) 

(3) 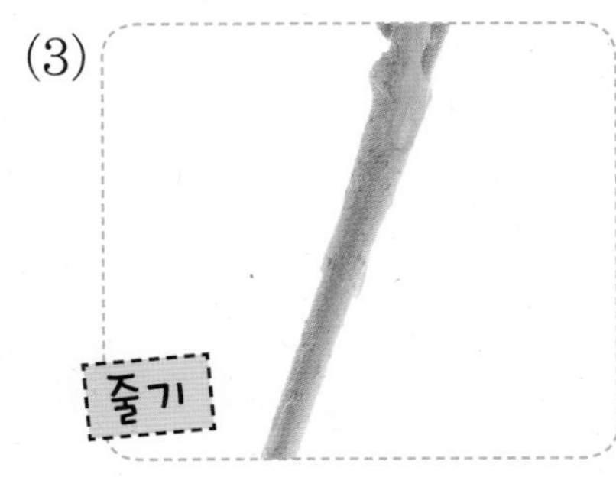

㉠ 번식을 위해 피어요.

㉡ 물과 양분을 운반해요.

㉢ 땅속의 물을 빨아들여요.

과학
탐구

2. 다음 중 열매가 아닌 것은 어느 것인가요? (   )

① 

② 

③ 

3주 4일
학습 끝!

붙임 딱지 붙여요.

논술

3. 식물에 '뿌리'가 없다면 어떻게 될까요? 식물의 뿌리가 하는 일을 생각하여, 다음 문장의 빈칸에 알맞은 말을 써 보세요.

식물에 뿌리가 없다면 ....

3주 05

되돌아봐요

1 앞에서 배운 내용을 돌이켜 보고, 다음 내용이 맞으면 ○표, 틀리면 ×표를 하세요.

(1) 잎맥은 그물맥 한 가지 종류입니다. (　　　)

(2) 잎맥은 잎에서 물과 양분이 이동하는 통로입니다. (　　　)

(3) 단풍은 날씨가 따뜻해지는 봄에 주로 볼 수 있습니다. (　　　)

(4) 사계절 내내 잎이 푸른 나무를 '상록수'라고 부릅니다. (　　　)

2 다음 그림에는 앞서 배운 내용과 다른 부분이 세 군데 있습니다. 잘못된 부분이 어디인지 찾아 ○표 해 보세요.

3 풀잎이가 할아버지와 이슬이에게 가려고 합니다. 다음 설명을 읽고 예, 아니요 중 맞는 답을 따라가서 미로를 빠져나오세요.

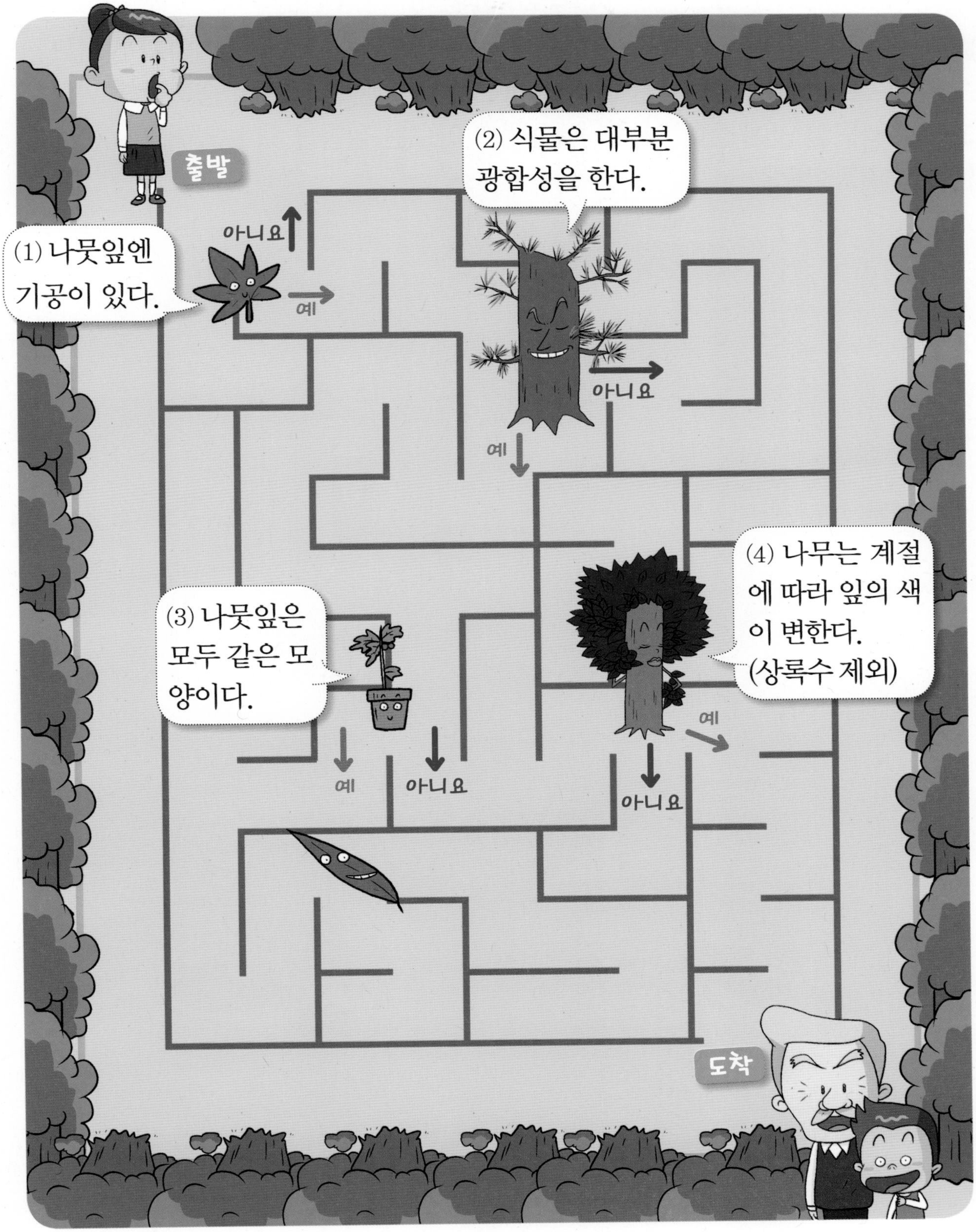

출발

(1) 나뭇잎엔 기공이 있다.

아니요 / 예

(2) 식물은 대부분 광합성을 한다.

아니요 / 예

(3) 나뭇잎은 모두 같은 모양이다.

예 / 아니요

(4) 나무는 계절에 따라 잎의 색이 변한다. (상록수 제외)

예 / 아니요

도착

3주 05 궁금해요

나뭇잎에 숨은 색을 찾아봐요!

날씨가 건조해지고 쌀쌀해지면 나뭇잎은 단풍이 들지요.
빨간색으로 변하기도 하고, 노란색으로 변하기도 해요. 정말 신기하지 않나요?
초록색으로 보이는 나뭇잎 안에 어떻게 그렇게 많은 색깔들이 숨어 있을까요?
그래서 나뭇잎 안에 들어 있는 색깔들을 알아보는 실험을 해 보았어요.
함께 살펴볼까요?

준비물: 나뭇잎, 화선지, 아세톤, 비커, 막자와 막자사발, 나무젓가락

재미있는 실험으로 나뭇잎에 든 색소를 찾아보아요!

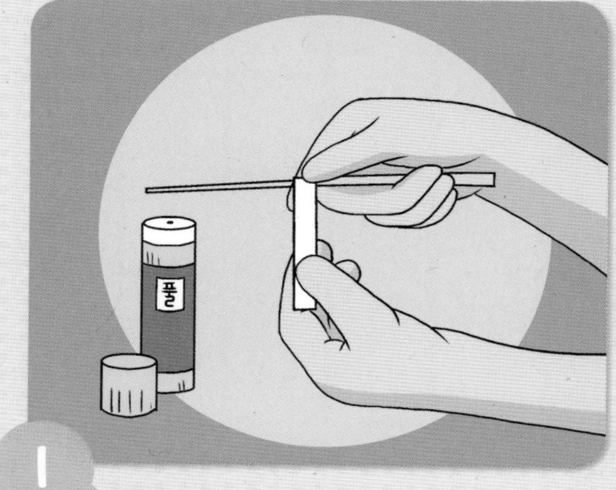

1 준비한 화선지를 가로 1cm, 세로 10cm 정도로 잘라 나무젓가락에 붙여요.

2 막자사발에 나뭇잎을 넣고, 아세톤을 조심해서 넣어요.

3 막자로 나뭇잎을 천천히 으깨어 즙을 내요.

4 나뭇잎을 으깨어 낸 즙을 쏟지 않게 조심하며 비커에 옮겨 담아요.

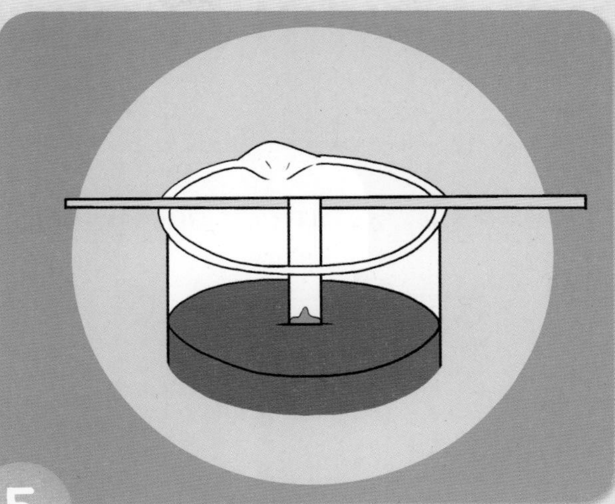

5 준비한 즙에 ❶에서 준비한 화선지가 조금 잠기도록 비커 위에 나무젓가락을 걸쳐 두어요. 그리고 하얀 화선지가 어떻게 변하는지 살펴보아요.

화선지를 걸쳐 두고 약 1시간 정도 기다려 보아요.

실험을 하고 1시간 정도가 지나면, 나뭇잎에 들어 있던 여러 가지 색소가 분리되어 화선지를 물들인답니다. 그래서 새하얗던 화선지 위에 노란색, 청록색 등의 여러 가지 색깔이 보여요. 이 색들이 바로 나뭇잎에 숨어 있던 색깔이에요.

아세톤과 유리로 된 비커는 조심히 다루세요!

✎ 나뭇잎 속에 여러 가지 색들이 숨어 있다는 것을 알아보았습니다. 여러분은 어떤 색깔의 나뭇잎이 있으면 좋을지 상상하여 그 까닭과 함께 써 보세요.

3주 05

내가 할래요

우리 주변의 식물을 관찰해 봐요!

1 돋보기를 준비합니다

식물을 관찰하려면 자세히 들여다봐야겠지요? 그래서 식물을 확대해서 자세히 살펴볼 수 있는 돋보기를 준비해야 해요.

2 필기도구를 준비합니다

수첩 등 필기도구를 준비해서, 주위에 어떤 식물들이 있는지 기록해요.

3 식물도감, 모종삽 등을 준비합니다

식물의 이름과 생김새가 담겨 있는 '식물도감' 책을 준비해요. 그러면 모르는 식물이 나왔을 때, 책을 찾아보고 이름을 알 수 있어요. 그리고 모종삽 등도 준비하면 더욱 도움이 될 거예요.

집이나 학교 주변에서 볼 수 있는 식물

강아지풀

개나리

토끼풀

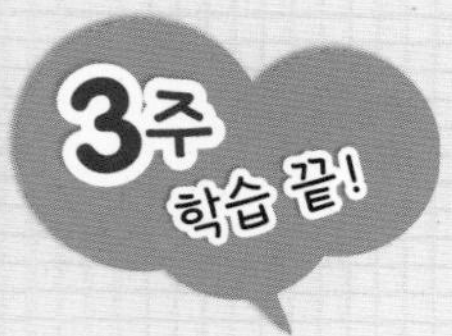

확인할 내용	잘함	보통임	부족함
1. 이번 주 학습을 5일(월요일~금요일) 안에 끝마쳤나요?			
2. 여러 가지 식물의 잎을 비교하며 살펴보았나요?			
3. 식물의 구조와 각 부분이 하는 일을 이해하였나요?			
4. 계절에 따라 달라지는 나뭇잎의 특징을 잘 이해하였나요?			

집이나 학교 주변에서 관찰한 나무나 풀의 이름을 쓰고, 잎의 생김새를 관찰하여 모양을 그려 보세요.

관찰한 식물:

붙임 딱지 붙여요.

동시를 써 봐요

생각톡톡 보기 와 같이 여러분의 이름으로 삼행시를 지어 보세요.

보기
권 권투 선수처럼 씩씩할 때도 있고요
미 미소를 지으면서 친절을 베풀 줄도 아는
나 나도 알고 보면 괜찮은 친구랍니다.

관련교과
[국어 1–2] 시를 읽고 반복되는 말이 주는 느낌 알기 / 흉내 내는 말 알기
[국어 2–2] 겪은 일을 시나 노래로 표현하기

4주 01

'나'를 노래한 동시

그리운 다섯 살

학생 작품

사진 속에 담겨 있는
다섯 살 때 내 모습
분홍색 원피스와
두 갈래 묶은 머리.

그때는
아이스크림을 줄줄 흘려도
예쁘다고 했는데
늦잠을 쿨쿨 자도
귀엽다고 했는데

지금은
조금만 흘려도 야단을 맞는다.
늦잠은 꿈도 꿀 수가 없다.

그리운 다섯 살
그때로 돌아갈 순 없을까?

이해력 1. 다음 그림에서 이 시의 사진 속에 담겨 있는 '나'의 다섯 살 때 모습과 다른 부분을 모두 찾아 ○표 해 보세요.

분석력 2. 다섯 살 때와 지금은 어떻게 다른지 두 가지씩 골라 줄로 이으세요.

(1) 다섯 살 때 •

(2) 지금 •

• ㉠ 늦잠은 꿈도 못 꾼다.

• ㉡ 늦잠을 쿨쿨 자도 귀엽다고 했다.

• ㉢ 아이스크림을 흘려도 예쁘다고 했다.

• ㉣ 아이스크림을 조금 흘려도 야단을 맞는다.

논술 3. 보기 와 같이 '다섯 살'이라는 주제로 생각 그물을 자유롭게 만들어 보세요.

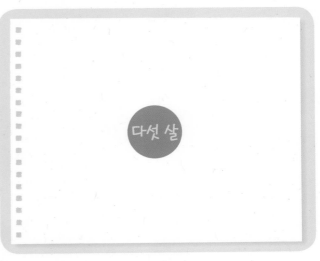

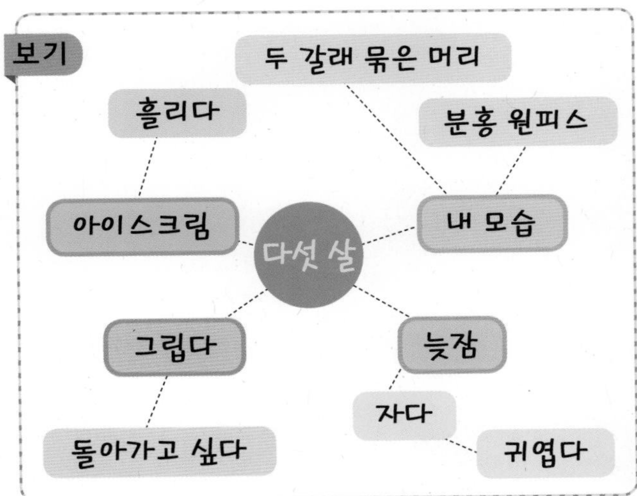

빨래

학생 작품

햇볕 쨍쨍한 날
엄마랑 빨래를 널었다.

햇볕이 이렇게 쨍쨍한데
빨래는 덥지 않을까?

시원하라고
쏴아쏴아
물을 뿌려 주고 싶다.

분석력 1. 다음은 이 시를 쓰기 위해 생각 그물을 짠 것입니다. 빈칸에 들어갈 알맞은 낱말을 두 글자로 써 보세요.

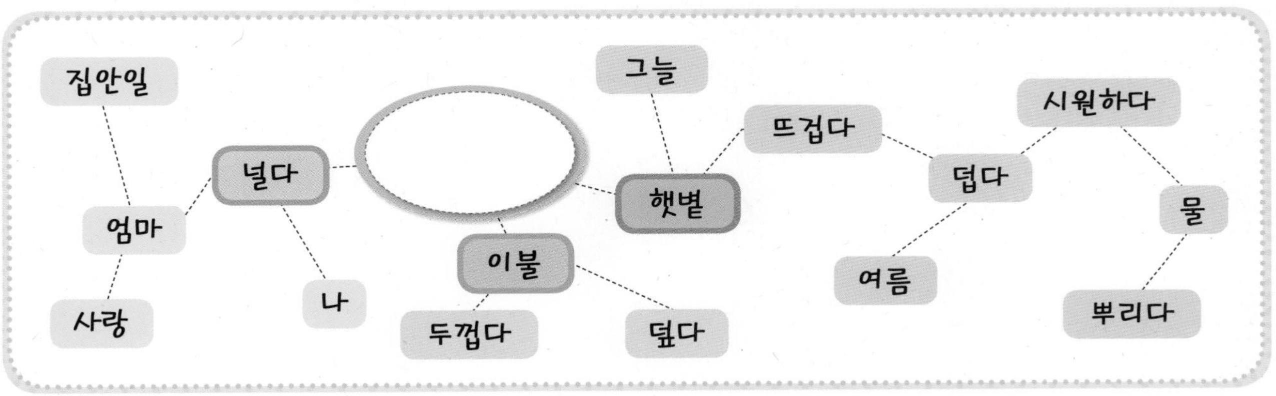

이해력 2. 이 시를 통해 알 수 있는 지은이의 마음으로 가장 알맞은 것은 어느 것인가요? (   )

① 아이, 더워! 시원한 물속에 풍덩 들어가면 좋겠다.
② 앗, 추워! 따뜻한 방 안에 들어가면 좋겠다.
③ 아, 시원해! 바람이 많이 부니 산책하면 좋겠다.

논술 3. 여러분이 '빨래'를 중심 글감으로 하여 동시를 쓴다면, 어떻게 쓰고 싶은지 보기 를 참고하여 써 보세요.

보기

- 중심 글감: 빨래
- 중심 생각: 무더운 마음

- 중심 글감: 빨래
- 중심 생각:

4주 01

엄마 곁에

김종상

빨랫줄에 걸려 있는
엄마 치마 곁에
내 치마도 조그맣게
걸려 있어요.

*댓돌 위에 놓여 있는
엄마 신발 곁에
내 신발도 가지런히
놓여 있어요.

깊은 밤 우리 엄마
*곤히 잠들면
엄마 곁에 나도 누워
잠이 들지요.

* **댓돌**: 집의 앞뒤에 오르내릴 수 있게 놓은 돌층계.
* **곤히**: 몹시 지쳐서 깊이.

분석력 1. 다음에서 이 시에 사용된 글감으로 알맞지 않은 것을 찾아 모두 ○표 하세요.

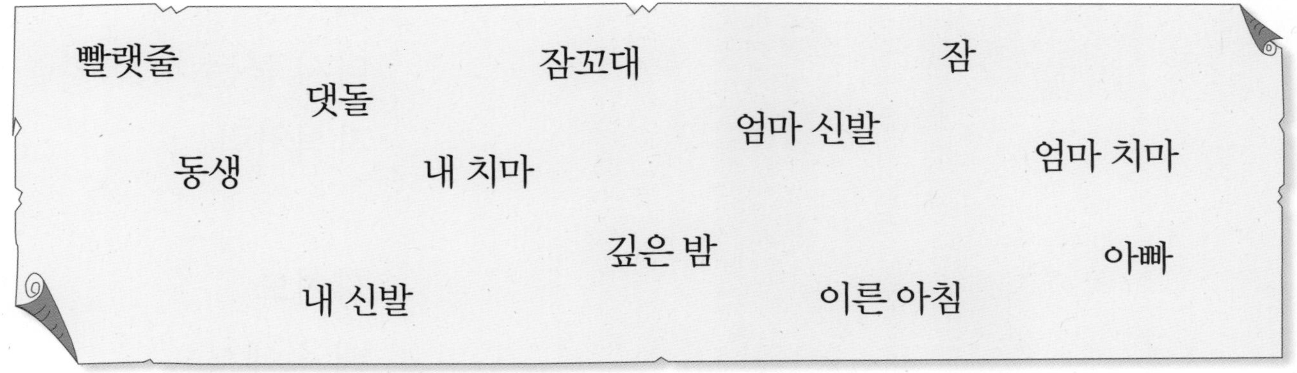

이해력 2. 이 시에서 지은이가 말하고 싶은 것은 무엇인가요? (　　　)

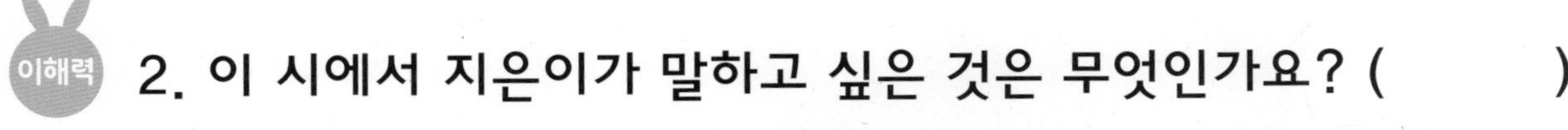

① 엄마에 대한 사랑 ② 가족에 대한 그리움 ③ 선생님에 대한 감사

논술 3. 보기 와 같이 '엄마'를 떠올리면 생각나는 말들로 생각 그물을 자유롭게 만들어 보세요.

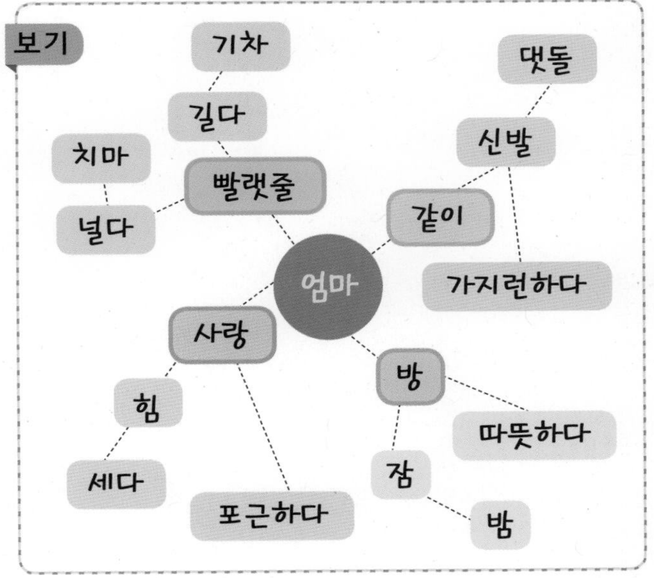

4주 1일 학습 끝!
붙임 딱지 붙여요.

친구

학생 작품

떨어져도
철커덕
다시 붙는
자석처럼

깎여도
배 속에서
다시 만나는
사과처럼

언제나 붙어 있는
너와 나

우리는 영원한 친구

분석력 1. 이 시에서 '언제나 붙어 있는 너와 나'의 모습을 빗대어 표현한 것 두 가지를 찾아 색칠해 보세요.

이해력 2. 이 시에서 지은이가 말하고 싶은 것은 무엇인가요? (　　　)

① 친구와의 우정　　② 새로 만난 친구　　③ 친구에 대한 서운함

논술 3. 보기 의 밑줄 친 말과 같이, '우정' 하면 떠오르는 말과 그 말에 어울리는 흉내 내는 말을 짝을 맞춰 써 보세요.

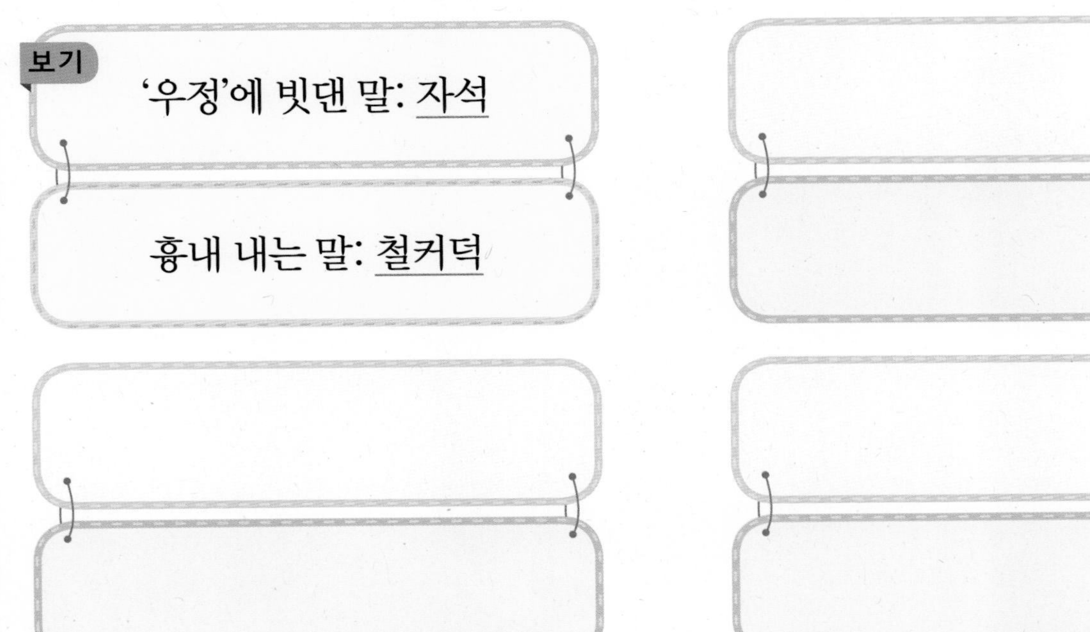

보기
'우정'에 빗댄 말: 자석
흉내 내는 말: 철커덕

02 착한 나무

홍윤기

가로수 나무는 줄을 잘 서서 ………… 행
착한 나무. ………… 행
학교 가는 큰길 따라 ………… 행 1연
나란히 서 있는 ………… 행
착한 나무들. ………… 행

우리들도 줄을 잘 서서 ………… 행
착한 어린이. ………… 행
조회 시간 운동장에 ………… 행 2연
나란히 줄 서는 ………… 행
우리 모두는 착한 나무들이다. ………… 행

이해력 **1. 다음 보기 는 이 시에 나타난 지은이의 생각입니다. (　) 안에 공통으로 들어갈 알맞은 말은 어느 것인가요? (　　　)**

> 보기
> • 가로수는 (　　　　　　　　　　) 때문에 착합니다.
> • 조회 시간 우리들도 (　　　　　　　　　　) 때문에 착합니다.

① 줄을 잘 서기　　② 숙제를 잘하기　　③ 지각을 하지 않기

추리력 **2. 이 시를 읽고 떠오르는 장소의 모습으로 알맞은 것은 어느 것인가요? (　　　)**

①

②

③

논술 **3. 이 시는 어떤 구조로 이루어져 있을까요? 제목과 각 연의 내용을 간단히 정리하여 다음 빈칸에 써 보세요.**

제목	(1)
1연	큰길에 가로수가 나란히 줄을 서 있음.
2연	(2)

02 둘이 똑같이

이혜영

신발주머니에 들어간 신발은
미안했어요.
흙이 묻어서…….

"괜찮아.
주인을 위해 일했잖아?"
신발주머니는 신발을
꼭 안아 주었어요.

둘이 똑같이
흙투성이가 되었어요.

이해력 **1. 이 시에서 신발주머니에 들어간 신발이 미안해한 까닭을 바르게 말한 친구는 누구인가요? (   )**

① 똥이 묻어서 미안해.

② 흙이 묻어서 미안해.

③ 물이 묻어서 미안해.

분석력 **2. 이 시의 2연에서 "괜찮아. 주인을 위해 일했잖아?"는 누가 한 말인가요? (   )**

신발

신발 주인

③

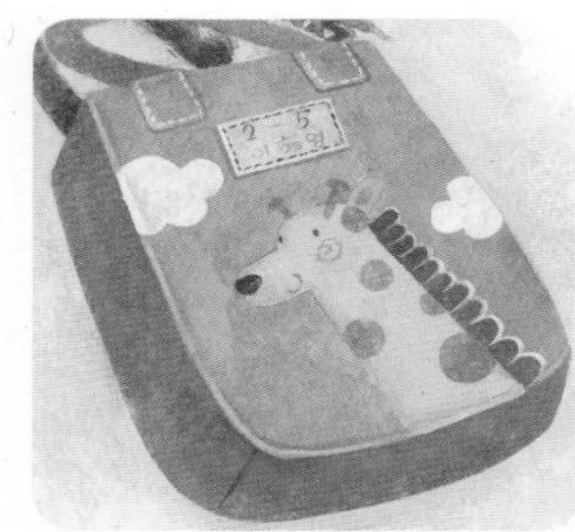

신발주머니

논술 **3. 이 시의 내용에 어울리게 신발주머니를 다른 낱말로 바꾸어 빈칸에 써 보세요.**

(   )에 들어간 신발은
미안했어요.
흙이 묻어서…….

"괜찮아.
주인을 위해 일했잖아?"

(   )은(는) 신발을
꼭 안아 주었어요.

둘이 똑같이
흙투성이가 되었어요.

붙임 딱지 붙여요.

수박

학생 작품

수박을 쩍 가르면
해님이 나온다.
아주 빨간 해님이 나온다.

해님은 여드름이 났다.
너무 뜨거워
까맣게 타 버린
검은 여드름이 났다.

분석력 1. 이 시에서 '해님'과 '여드름'이 나타내는 것은 무엇인지 그림에서 찾아 ( ) 안에 각각 써 보세요.

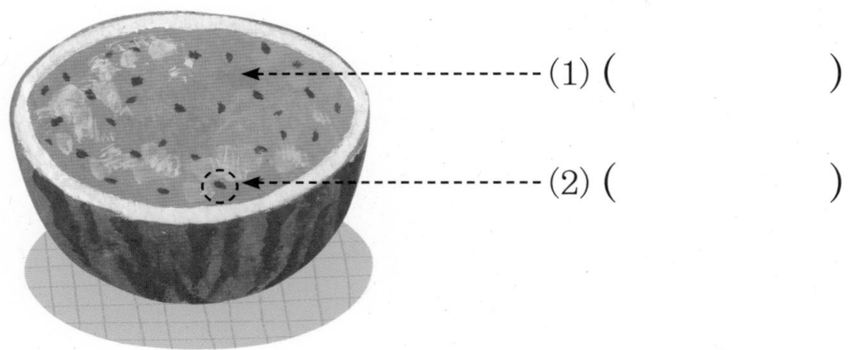

이해력 2. 이 시에서 해님과 여드름은 어떤 색깔이라고 하였는지 동그라미 안에 각각 색칠해 보세요.

논술 3. 이 시에 어떤 흉내 내는 말을 덧붙이면 더 좋을까요? 보기 의 밑줄 친 말과 같이 빈칸에 어울리는 흉내 내는 말을 써 보세요.

보기

수박을 쩍 가르면
동글동글 해님이 나온다.
아주 빨간 해님이 나온다.

해님은 올록볼록 여드름이 났다.
너무 뜨거워
까맣게 타 버린
검은 여드름이 났다.

수박을 쩍 가르면
(   ) 해님이 나온다.
아주 빨간 해님이 나온다.

해님은 (   ) 여드름이 났다.
너무 뜨거워
까맣게 타 버린
검은 여드름이 났다.

사슴뿔

강소천

사슴아, 사슴아!
네 뿔은 언제 싹이 트니?

사슴아, 사슴아!
네 뿔은 언제 꽃이 피니?

1. 다음 중에서 지은이가 사슴의 뿔에서 자란다고 생각한 것을 두 가지 골라 ○표 하세요.

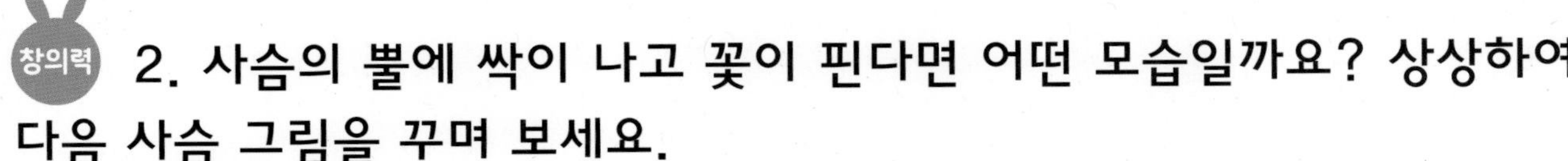

창의력 **2. 사슴의 뿔에 싹이 나고 꽃이 핀다면 어떤 모습일까요? 상상하여 다음 사슴 그림을 꾸며 보세요.**

논술 **3. 사슴이 이 시의 질문에 대답한다면 뭐라고 할까요? 보기 와 같이 사슴의 대답을 상상하여 빈칸에 써 보세요.**

보기

사슴아, 사슴아!
네 뿔은 언제 싹이 트니?

네가 엄마 말 잘 들으면.

사슴아, 사슴아!
네 뿔은 언제 꽃이 피니?

네가 공부 열심히 하면.

사슴아, 사슴아!
네 뿔은 언제 싹이 트니?

....

사슴아, 사슴아!
네 뿔은 언제 꽃이 피니?

....

03 비 오는 날

학생 작품

교실 창밖으로
보슬보슬 비가 온다.

친구들은 싫다는데
나만 마냥 기분 좋아

장화 신고 첨벙첨벙
우산 들고 톡 톡 톡.] 3연

1. 이 시에는 어떤 날씨가 나타나 있나요? (   )

① 
비 오는 날

② 
눈 오는 날

③ 
바람 부는 날

이해력 2. 이 시에서 지은이가 비 오는 날에 한 일로 알맞지 <u>않은</u> 것은 어느 것인가요? (   )

① 장화 신고 빗속에서 첨벙거리기
② 우산 들고 비가 톡톡 떨어지는 소리 듣기
③ 비옷을 입고 길에서 걷거나 신나게 춤추기

3. 3연의 마지막 행을 보기 와 같이 새롭게 바꾸어 빈칸에 써 보세요.

보기

교실 창밖으로
보슬보슬 비가 온다.

친구들은 싫다는데
나만 마냥 기분 좋아

장화 신고 첨벙첨벙
<u>우산 쓰고 팽그르르.</u>

교실 창밖으로
보슬보슬 비가 온다.

친구들은 싫다는데
나만 마냥 기분 좋아

장화 신고 첨벙첨벙
....

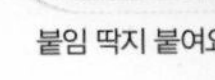

붙임 딱지 붙여요.

4주

'계절'을 노래한 동시

04 바람과 봄

문삼석

바람이 마른 들판을 찾아다니며
풀씨들의 잠을 깨웠습니다. 1연

"아, 잘 잤다." 2연

잠에서 깨어난 풀씨들은
들판 가득 파란 천을 깔았습니다.

"꽃점을 찍어야지."

바람은 파란 천 위에
빨간 꽃점을 찍었습니다.

바람은 또 군데군데
노란 꽃점도 찍었습니다.

이해력 1. 이 시에는 어떤 계절이 나타나 있나요? (   )

① 
봄

② 
여름

③ 
가을

④ 
겨울

창의력 2. 바람이 마른 들판을 찾아다니며 풀씨의 잠을 깨우자 들판의 모습이 바뀌었습니다. 이 시를 읽고 여러분이 생각하는 봄의 풍경을 자유롭게 그려 보세요.

논술 3. 보기 의 밑줄 친 부분처럼 이 시의 1연과 2연의 끝에 새로운 행을 덧붙여 빈칸에 써 보세요.

보기

바람이 마른 들판을 찾아다니며
풀씨들의 잠을 깨웠습니다.
<u>"봄이 왔어. 어서 일어나!"</u>

"아, 잘 잤다."
<u>풀씨들이 기지개를 켭니다.</u>

바람이 마른 들판을 찾아다니며
풀씨들의 잠을 깨웠습니다.
....

"아, 잘 잤다."
....

04 초승달

서재환

얄미운 새앙쥐가
하늘에도 사나 봐요.

낮에는 숨었다가
밤만 되면 야금야금

둥근 달
다 갉아 먹고
손톱만큼 남겼어요.

1. 지은이가 하늘에 산다고 생각한 동물은 무엇인가요? ( )

① 

토끼

② 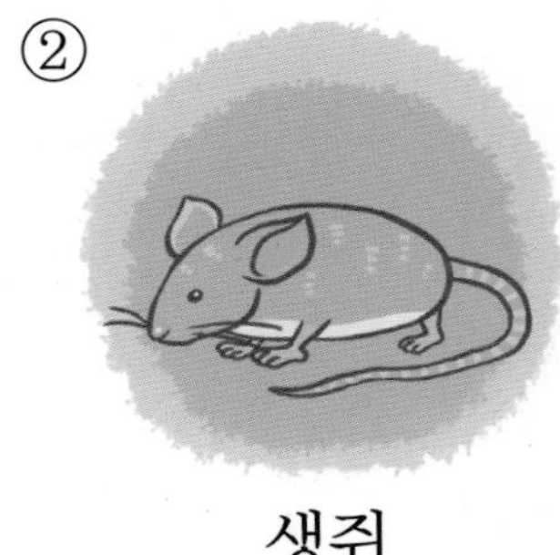

생쥐

③ 

다람쥐

2. 이 시에서 달의 모양은 어떻게 바뀌었을지 그려 넣어 보세요.

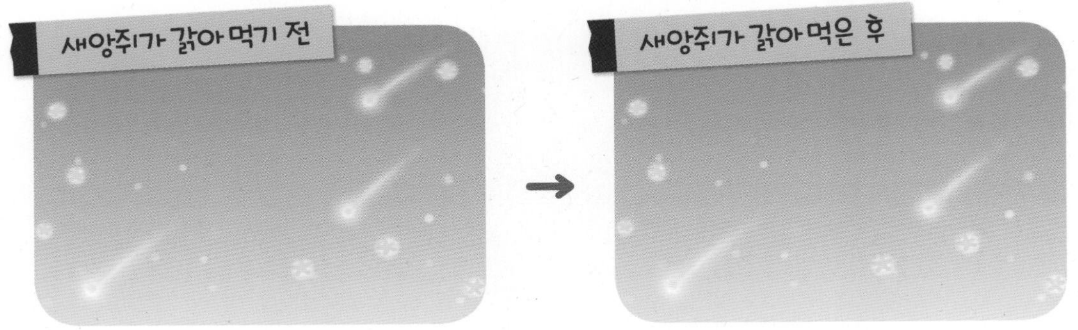

논술 **3. 보기 는 이 시의 제목을 바꾸어 고쳐 쓴 것입니다. 이와 같이 바뀐 제목에 알맞게 마지막 행을 바꿔 써 보세요.**

보기

작은 별

얄미운 새앙쥐가
하늘에도 사나 봐요.

낮에는 숨었다가
밤만 되면 야금야금

예쁜 별빛
다 갉아 먹고
눈곱만큼 남겼어요.

꼬리별

얄미운 새앙쥐가
하늘에도 사나 봐요.

낮에는 숨었다가
밤만 되면 야금야금

....

....

....

4주

'잠'을 노래한 동시(자장가로 불리는 동시)

04 누가 누가 잠자나

목일신

넓고 넓은 밤하늘엔
누가 누가 잠자나?
하늘 나라 아기별이
깜박깜박 잠자지.

깊고 깊은 숲속에선
누가 누가 잠자나?
산새 들새 모여 앉아
꼬박꼬박 잠자지.

포근포근 엄마 품엔
누가 누가 잠자나?
우리 아기 예쁜 아기
쌔근쌔근 잠자지.

이해력 **1. 이 시에서 다음 장소에서 잠자는 것은 무엇이라고 하였는지 찾아서 줄로 이으세요.**

(1) 밤하늘 •　　　　• ㉠ 아기별

(2) 숲속 •　　　　• ㉡ 우리 아기

(3) 엄마 품 •　　　　• ㉢ 산새 들새

창의력 **2. 이 시에 쓰인 흉내 내는 말을 다른 흉내 내는 말로 바꿔 써 보세요.**

(1) 하늘 나라 아기별이
깜박깜박 잠자지. → 하늘 나라 아기별이
(　　　　　　　　) 잠자지.

(2) 산새 들새 모여 앉아
꼬박꼬박 잠자지. → 산새 들새 모여 앉아
(　　　　　　　　) 잠자지.

(3) 우리 아기 예쁜 아기
쌔근쌔근 잠자지. → 우리 아기 예쁜 아기
(　　　　　　　　) 잠자지.

논술 **3. 보기 와 같이 이 시에 덧붙일 연을 새로이 지어 써 보세요.**

보기

넓고 넓은 들판에는
누가 누가 잠자나?
고개 숙인 벼 이삭이
살랑살랑 잠자지.

4주 4일 학습 끝!
붙임 딱지 붙여요.

되돌아봐요

다음 시를 읽고, 여러 가지 방법으로 바꾸어 써 보세요.

싸리비*

윤석중

봄에는
싸리비
꽃잎을 쓸고.

여름엔
싸리비
빗물을 쓸고.

가을엔
싸리비
낙엽을 쓸고.

겨울엔
싸리비
흰 눈을 쓸고.

* **싸리비**: 싸리의 가지를 묶어 만든 빗자루.

1 '싸리비'와 바꾸어 쓸 수 있는 말에는 어떤 것이 있을까요? 생각나는 대로 써 보세요.

2 밑줄 친 말과 같이 빈칸에 들어갈 알맞은 흉내 내는 말을 써 보세요.

봄에는
싸리비
나풀나풀
꽃잎을 쓸고.

여름엔
싸리비
추적추적
빗물을 쓸고.

가을엔
싸리비
(   )
낙엽을 쓸고.

겨울엔
싸리비
(   )
흰 눈을 쓸고.

3 '싸리비'라는 말을 '들판에'로 바꾸면 시의 내용은 어떻게 달라질까요? 밑줄 친 부분을 참고하여 빈칸에 어울리는 말을 써 보세요.

들판에

봄에는
들판에
꽃잎이 쌓이고.

여름엔
들판에
(   )

가을엔
들판에
(   )

겨울엔
들판에
(   )

4 이 시의 마지막에 한 연을 덧붙인다면 어떤 내용이 들어가면 좋을까요? 덧붙이고 싶은 내용을 써 보세요.

싸리비

봄에는
싸리비
꽃잎을 쓸고.

여름엔
싸리비
빗물을 쓸고.

가을엔
싸리비
낙엽을 쓸고.

겨울엔
싸리비
흰 눈을 쓸고.

(   )

궁금해요

동시는 어떻게 쓸까요?

동시란 무엇인가요?

동시는 어린이들의 생각이나 감정이 담긴 긴 이야기를 짧게 줄여서 그림처럼 아름답게 표현한 것이에요.

①
여름이 되자 냇가에는 풍덩! 하고 물속으로 뛰어드는 아이들로 가득하다.

②
여름

오순택

풍덩!
아이들을
물속에 빠뜨린다.

①과 같이 길게 늘여 쓴 것을 줄글이라고 해요. 동시는 ②와 같이 짧게 그림 그리듯 아름답게 표현한 것이지요.

동시에는 어떤 특징이 있나요?

하얀 목련 – 제목

학생 작품 – 지은이

학교 가는 길 위에 – 1행
누가 접어 달았을까? – 2행
새하얀 종이. – 3행
(1연)

기다란 담장 위로 – 1행
누가 칠해 놓았을까? – 2행
새하얀 꽃잎. – 3행
(2연)

1. 연과 행으로 이루어져 있습니다.

시의 한 줄 한 줄을 행이라고 하고, 행이 모여 연을 이룹니다.

2. 반복되는 말이 있거나 글자 수가 일정하게 되풀이됩니다.

동시를 소리 내어 읽다 보면 노래를 부르는 듯한 느낌이 듭니다.

동시에서 노래 부르는 듯한 느낌을 운율이라고 해요.

동시는 어떻게 쓰면 좋을까요?

동시로 쓰고 싶은 글감을 떠올려 봅니다. → 글감과 관계있는 낱말들을 생각 그물로 나타내 봅니다. → 중심 생각을 정하고, 관계있는 낱말들을 생각 그물에서 고릅니다.

→ 중심 생각을 표현하기 위한 낱말을 더 떠올려 봅니다. → 고른 낱말과 관계있는 흉내 내는 말을 떠올려 봅니다. → 낱말들을 어떤 흐름으로 표현하면 자연스러울지 순서를 정합니다.

→ 제목을 정하고, 각 연에 들어갈 내용을 정리해 봅니다. → 반복되는 말과 글자 수를 생각하며 각 연의 내용을 시로 표현합니다.

동시에 흉내 내는 말이나 대화 글을 넣으면 시의 내용이 더욱 생생하게 느껴져요.

동시는 일기나 생활문을 다르게 쓰는 것이라고 생각하면 돼요. 더 짧지만 느낌과 생각을 재미있게 잘 표현해야 하지요.

동시를 쓰면 어떤 점이 좋을까요?

- 생각하는 힘을 기를 수 있습니다.
- 글감을 재미있게 표현할 수 있습니다.
- 보거나 들은 것, 느끼고 생각한 것을 생생하게 나타낼 수 있습니다.

동시를 많이 읽고 자란 어린이는 밝고 아름다운 마음을 가질 수 있어요.

여러분이 생활 속에서 경험하거나 느낀 일 중에서 동시로 나타내고 싶은 글감을 써 보세요.

4주 05

내가 할래요

계절에 대한 시를 써 봐요

1. 보기 의 시에 드러난 계절을 쓰고, 그 계절에 대해 생각나는 것들을 써 보세요.

보기

가을 들판

김마리아

벼 익는
냄새에
메뚜기 코가 발름발름.

수수 익는
색깔에
참새 눈이 반들반들.

(1) 시에 드러난 계절 : ....

(2) 생각나는 것들 : ....

....

확인할 내용	잘함	보통임	부족함
1. 이번 주 학습을 5일(월요일~금요일) 안에 끝마쳤나요?			
2. 시의 중심 생각을 표현하기 위해 생각 그물을 만들 수 있나요?			
3. 시의 일부분을 바꾸어 쓸 수 있나요?			
4. 흉내 내는 말을 넣어 시를 지을 수 있나요?			

2. 시에 드러난 계절을 겨울로 바꾸면 시의 내용은 어떻게 달라질까요? 겨울이 되면 생각나는 것들을 자유롭게 써 보고, 바뀐 계절에 알맞게 시를 써 보세요.

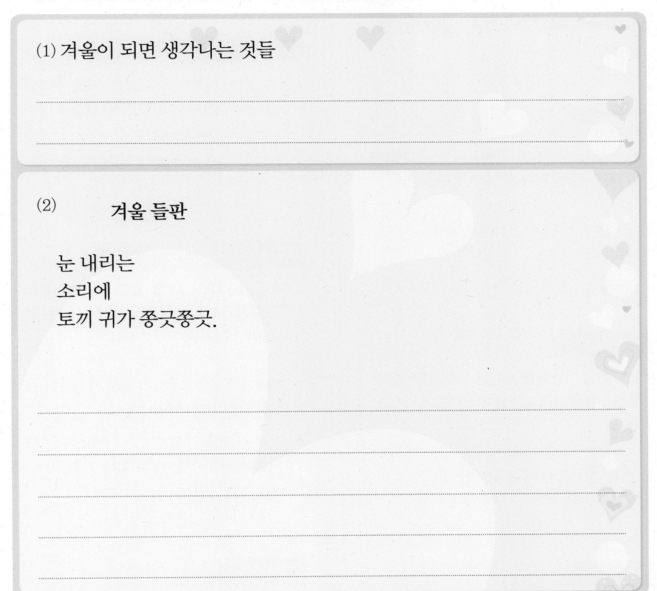

(1) 겨울이 되면 생각나는 것들

(2) 겨울 들판

눈 내리는
소리에
토끼 귀가 쫑긋쫑긋.

4주 5일
학습 끝!

붙임 딱지 붙여요.

1주 하늘 공주가 그린 사계절

1주 11쪽 생각 톡톡

예 겨울

1주 13쪽

1 ① 2 (3) ○ 3 예 (1) 진규 (2) 덜렁거리지만 다른 사람을 먼저 생각하는 친구입니다.

2 극지방은 남극이나 북극을 중심으로 한 그 주변 지역을 이르는 말입니다.

3 친구의 성격, 특징을 떠올려 소개해 봅니다.

1주 15쪽

1 (1) 가을 (2) 여름 (3) 봄 (4) 겨울 2 ③
3 예 그림을 그리고 있습니다. 다음에 다시 오세요.

3 어떤 행동을 하게 할 때에는 상대방의 마음을 배려하는 말을 써야 합니다.

1주 17쪽

1 ③ 2 (2) ○ 3 예 하늘 공주 얼굴입니다. (예시 그림 생략)

1 새는 날개로 하늘을 나는 동물입니다. 두 다리와 부리가 있습니다.

2 (1)의 '매'는 젓가락 한 쌍을 세는 단위이며, (3)의 '매'는 사람이나 짐승을 때리는 막대기, 회초리, 곤장 등을 통틀어 이르는 말입니다.

3 빗자루 모양의 얼룩을 활용하여, 새로운 그림을 자유롭게 상상해 그려 봅니다.

1주 19쪽

1 ① 2 (1) ○ (2) ○ 3 예 춥고 먹을 것이 없어, 동물과 식물이 살아가기 힘들 것입니다.

3 춥고 눈 내리는 겨울이 계속되면 일어날 수 있는 상황을 생각하며 써 봅니다.

1주 21쪽

1 ① 2 (1) 자루 (2) 대 3 예 이번 시험에 어려운 문제가 많이 나올까? / 내가 잃어버린 모자는 어디 있을까?

1 '아바마마'는 임금이나 임금의 아들딸이 그의 아버지를 이르던 말입니다.

2 '자루'는 조금 긴 필기도구나 연장, 무기 따위를 세는 단위이며, '대'는 차나 기계, 악기 따위를 세는 단위입니다.

1주 23쪽

1 ① 2 ③ 3 예 사람들의 얼굴을 볼 수 없어서 불편할 것입니다.

2 ①은 축구공, ②는 야구공, ③은 주사위로, 주사위는 둥근 공 모양이 아닙니다.

3 세상을 볼 수 있게 해 주는 눈이 보이지 않게 된다면 불편해서 행동을 쉽게 할 수 없을 것입니다.

1주 25쪽

1 절레절레 2 (1) 따뜻하다 (2) 덥다 (3) 서늘하다 (4) 춥다 3 해설 참조

1 '절레절레'는 싫거나 반대한다는 뜻을 나타내기 위해 머리를 좌우로 자꾸 흔드는 모양을 흉내 내는 말입니다.

3 예

1주 27쪽

1 해설 참조 2 (2) ○ 3 예 (1) 여름 (2) 해수욕장에 갈 수 있기 때문입니다.

1

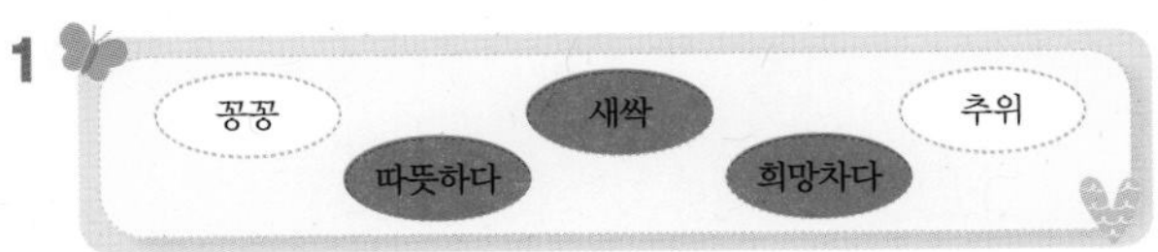

2 비를 내리는 비구름은 짙고 어둡습니다.

3 계절의 특징을 알고, 좋아하는 까닭과 연결해서 써 봅니다.

1주 29쪽

1 ③ 2 ① 3 예 친구와 신나게 놀았던 이야기

1 모내기를 하는 계절은 봄입니다.

2 보기 와 ①의 '배'는 신체의 일부분을 뜻합니다. ②의 '배'는 먹는 '배', ③의 '배'는 물 위를 떠다니는 '배'를 뜻합니다. 이처럼 글자는 같지만 뜻이 다른 낱말들이 있습니다.

1주 31쪽

1 (1) 더위 (2) 녹다 (3) 좋다 (4) 약하다 2 새 3 예 담배, 아빠의 건강을 해치기 때문입니다.

1주 33쪽

1 해설 참조 2 해설 참조

1

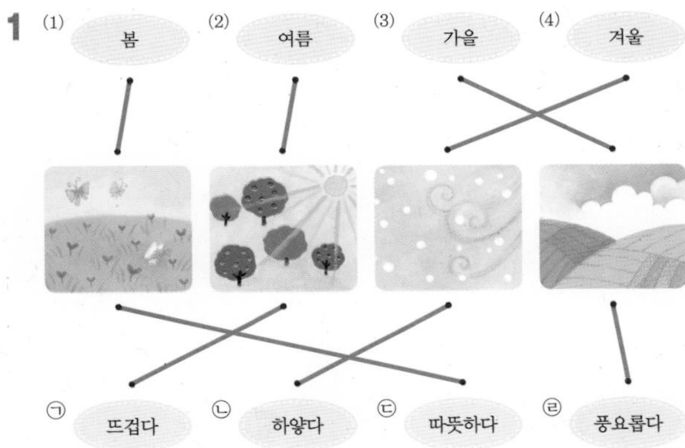

2 덥고 습기가 많은 여름철에는 반팔 옷이나 반바지 등 시원한 옷을 즐겨 입고, 강렬한 햇빛을 가리기 위해 챙이 큰 모자를 씁니다.

1주 35쪽

1 해설 참조 2 예 하늘 화공이 되어 세상 사람들에게 사계절의 아름다움을 나누어 주기로 마음먹었기 때문입니다.

1 우편집배원은 편지를 전하고, 소방관은 불을 끄며, 의사는 환자를 치료합니다.

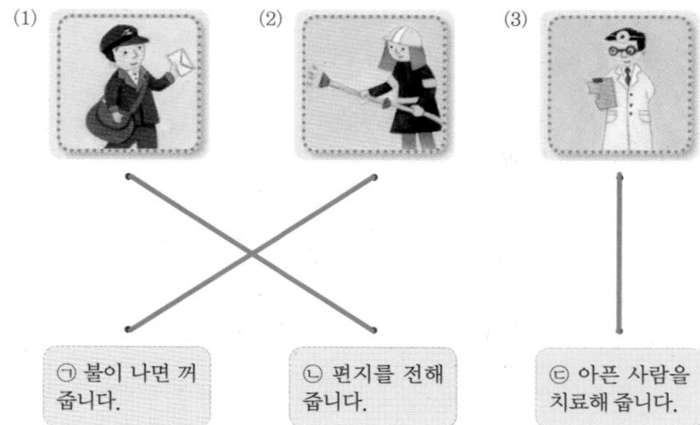

1주 36~37쪽 되돌아봐요

1 해설 참조 2 예 가을에는 울긋불긋 단풍이 들어 산이 아름답습니다. 3 예 나는 겨울이 가장 좋습니다. 눈도 내리고, 신나는 겨울 놀이를 할 수 있기 때문입니다. 4 예시 그림 생략

1

2 봄, 여름, 가을, 겨울과 관련된 경험이나 생각, 느낌을 담아 짧은 글을 써 봅니다.

4 계절에 따라 변하는 나무의 모습을 여름, 가을, 겨울의 특징에 맞게 그려 봅니다.

1주 38쪽 궁금해요

예 지구가 기울어진 상태로 공전하여 각 지역이 받는 햇빛의 양이 시기에 따라 달라지기 때문입니다.

1주 40~41쪽 내가 할래요

- 해설 참조

- 계절에 따라 변하는 자연과 사람들의 생활 모습을 자유롭게 그리고, 써 봅니다.

하늘 공주님!
여름에는 예 햇볕이 쨍쨍 내리쬐어 덥고 힘들지만, 신나는 물놀이를 즐길 수 있어요.

하늘 공주님!
가을에는 예 곡식이 익어 황금빛의 아름다운 들판을 볼 수 있어요. 단풍 구경을 가요.

하늘 공주님!
겨울에는 예 하늘에서 내리는 눈을 맞으며 신나게 눈싸움을 하고 놀아요.

2주 눈의 여왕

2주 43쪽 생각 톡톡

예 눈의 여왕은 눈의 나라에 가고 싶은 사람을 데려다주어요.

2주 45쪽

1 아름다움 2 ② 3 예시 그림 생략

1 '추함'은 흉하게 보인다는 뜻을 가진 말입니다. 뜻이 반대되는 낱말을 글에서 찾아봅니다.

2 이 글에서 '바람'은 '기압의 변화 또는 사람이나 기계에 의하여 일어나는 공기의 움직임'을 나타내는 말입니다. ②의 '바람'은 기대나 소원을 뜻할 때에 쓰는 말입니다.

3 아름다운 것을 추하고 일그러지게 비추는 악마의 거울의 특징을 생각하며 그려 봅니다.

2주 47쪽

1 (2) ○ 2 ① 3 예 컴퓨터처럼 똑똑하고 정확한 사람은 없을 것입니다.

1 시골에서는 논이나 밭, 비닐하우스 등을 볼 수 있습니다. 높은 고층 건물들은 도시에서 볼 수 있습니다.

2 알이나 새끼를 낳아 기르는 것은 식물이 아닌 동물입니다.

3 '처럼'은 모양이 서로 비슷하거나 같음을 나타낼 때 쓰는 말입니다.

2주 49쪽

1 ② 2 ③ 3 예 (1) 아빠 (2) 아빠가 안전하게 썰매를 끌어 주시기 때문입니다.

1 악마의 거울 조각이 카이의 눈에 들어가기 전과 후가 다른 것을 보면, 카이가 심술을 부린 까닭이 거울 조각 때문이라는 것을 알 수 있습니다.

2 그림자는 물체가 빛을 가려서 그 물체의 뒷면 바닥에 나타나는 검은 그늘입니다.

2주 51쪽

1 (1) 주룩주룩 (2) 번쩍번쩍 (3) 쌩쌩 2 ①
3 예 눈을 뿌려 주는 하늘의 얼음 궁전

1 각 그림에 나타난 날씨와 관련된 소리와 모양을 흉내 내는 말을 써 봅니다.

2 강에서는 배를 타거나 물고기를 잡는 사람들을 볼 수 있습니다.

2주 53쪽

1 ③ 2 ③ 3 예 할머니가 돌아가신 기억을 지우고 싶습니다.

1 선착장은 배가 와서 닿는 곳입니다.

2 뇌는 우리 몸의 중추 신경 계통 가운데 머리뼈 안에 있는 부분입니다. 운동을 조절하고 감각을 인식하며, 말하고 기억하며 생각이나 감정을 일으키는 일 등을 합니다.

3 마음이 아프거나 슬펐던 기억을 떠올려 봅니다.

2주 55쪽

1 (1) ○ 2 ② 3 예 무거운 물건을 들 수가 없어서 힘들어요.

2 '외롭다'는 홀로 되거나 의지할 곳이 없어 쓸쓸하다는 뜻입니다.

3 나이가 들면 몸과 마음이 약해지고 힘이 없어져서 할 수 없는 일들이 생깁니다. 연세가 많은 할아버지와 할머니를 배려하는 마음을 가져야 합니다.

2주 57쪽

1 ③ 2 ① 3 예 나는 눈이 큰 여자아이입니다. 서울에서 아빠와 엄마, 동생과 살고 있습니다.

1 이 글과 ③의 '다리'는 신체의 일부분을 뜻하는 것이고, ①, ②의 '다리'는 육지와 육지를 이어 주는 구조물을 뜻하는 낱말입니다.

3 소개하는 글을 쓸 때에는 소개하려는 대상의 특징이 무엇인지 먼저 생각해 봅니다.

2주 59쪽

1 ① 2 ③ 3 예 내가 가장 좋아하는 친구는 나를 웃게 만드는 친구입니다.

2 자동차와 자전거는 바퀴로 달리는 탈것입니다. 열기구는 기구 속의 공기에 열을 가해 팽창시키며 하늘로 떠오르게 만든 탈것입니다.

2주 61쪽

1 (1) 1 (2) 3 (3) 2 2 (3) ○ 3 예 게르다! 조금만 더 힘내! 곧 카이를 찾을 수 있을 거야.

1 탈것은 처음에는 동물을 이용하던 것이 바퀴가 발명되면서 마차가 등장했고, 에너지를 이용하게 되면서 점차 자동차와 비행기 등으로 발전했습니다.

2주 63쪽

1 해설 참조 2 ① 3 예 따뜻한 내복을 입고 지내겠습니다.

1

2 날씨가 더운 지역에서는 더위를 피하고 해충을 막기 위해 물 위에 수상 가옥을 짓고 살며, 춥고 눈이 많이 오는 지역에서는 얼음과 눈덩이로 이루어진 집인 이글루를 짓기도 합니다.

2주 65쪽

1 차갑게 2 ①, ② 3 예 장미꽃이 활짝 피면 눈부신 여름 해가 쨍쨍

2 날씨가 춥고 눈이 오는 겨울에는 스키나 스케이트, 스노보드 등을 탑니다. 돛에 바람을 받아 파도를 타는 윈드서핑은 더운 여름에 주로 하는 운동입니다.

2주 67쪽

1 ③ 2 (2) ○ 3 예 게르다, 나를 집으로 데려와 주어서 정말 고마워. 내가 너를 알아보지 못할 때 속상했지? 이제 그런 일은 절대 없을 거야. 우리 예전처럼 사이좋게 지내자!

1 카이가 흘리는 눈물과 함께 눈에 박혀 있던 악마의 거울 조각이 빠져나왔습니다.

2주 68~69쪽 되돌아봐요

1 (1) 여름 (2) 겨울 2 (2) ○ 3 (1), (3), (4), (2), (5), (6)

2주 71쪽 궁금해요

예 썰매 타기

- 춥고 눈이 내릴 때가 많은 겨울의 특징을 알고, 겨울철에 하고 싶은 놀이를 써 봅니다.

2주 72~73쪽 내가 할래요

- 예시 그림 생략 (해설 참조)

- 더운 여름에는 얇고 짧은 옷을 입고, 추운 겨울에는 두껍고 긴 옷을 입습니다. 이처럼 계절에 맞는 옷차림을 해야 더울 때는 시원하게, 추울 때는 따뜻하게 생활할 수 있습니다. 계절에 알맞은 옷차림을 그려 봅니다.

3주 나뭇잎을 관찰해요

3주 75쪽 생각 톡톡

예 소나무 / 은행나무 / 민들레 / 개나리

3주 77쪽

1 (1) ㉡ / ㉠, ㉢ (2) ㉡, ㉢ / ㉠ 2 ① 3 예 나는 여러 장이 매달려 풍성한 아까시나무의 잎이 좋습니다.

1 (2) 잎자루에 붙은 잎의 수로 나눈 것입니다.

2 ②는 잎맥이고, ③은 잎자루입니다.

3주 79쪽

1 해설 참조 2 ② 3 해설 참조

1 봄에는 새싹이 돋고, 여름에는 잎이 푸르고 무성하게 우거지다가, 가을이 되면 단풍이 들고, 겨울이 되면 잎이 떨어집니다.

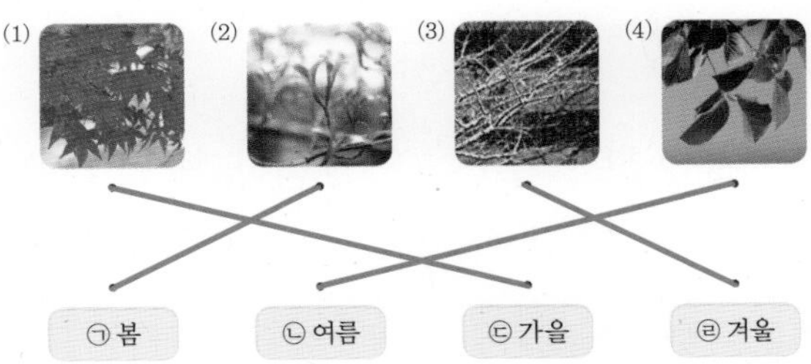

3 계절에 따라 단풍잎이 어떤 색으로 변하는지 생각해 봅니다.

3주 81쪽

1 ② 2 노란색 3 예 날씨가 추워집니다. 울긋불긋 단풍이 듭니다. 벼가 누렇게 익습니다.

2 은행나무잎은 여름 동안은 초록색이다가 가을이 되면 노란색으로 단풍이 듭니다.

3주 83쪽

1 ② 2 예 (1) 넓고 두껍고 번들번들합니다. (2) 좁고 뾰족합니다. 3 예 남산 위에 저 전나무 철갑을 두른 듯 바람 서리 불변함은 우리 기상일세.

2 잎이 넓은 모양의 상록수를 '상록 활엽수'라고 하고, 잎이 바늘처럼 가느다란 모양의 상록수를 '상록 침엽수'라고 합니다.

3 상록수인 다른 나무를 넣어 바꿔 쓸 수 있습니다. 상록수는 가문비나무, 잣나무, 전나무 등이 있습니다.

3주 85쪽

1 (1) 선인장 (2) 파리지옥 2 해설 참조 3 예 내가 식물이라면 파리지옥과 같은 모양의 잎을 갖고 싶습니다. 식물인데 잎으로 곤충을 잡아먹을 수 있는 점이 신기하기 때문입니다.

2 자라풀의 잎은 물에 둥실둥실 뜨는 튜브의 역할을 합니다.

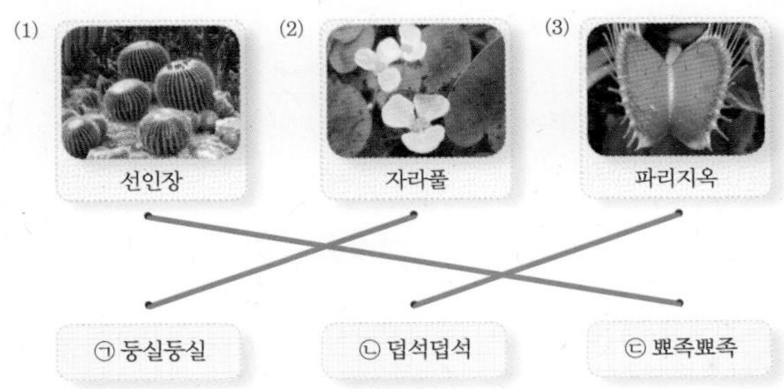

3주 87쪽

1 해설 참조 2 양분, 공장 3 예 나는 열매가 가장 중요하다고 생각합니다. 왜냐하면 사람들이 먹을 수 있기 때문입니다.

1 식물을 이루는 잎, 줄기, 뿌리, 꽃, 열매에 대해 살펴봅니다.

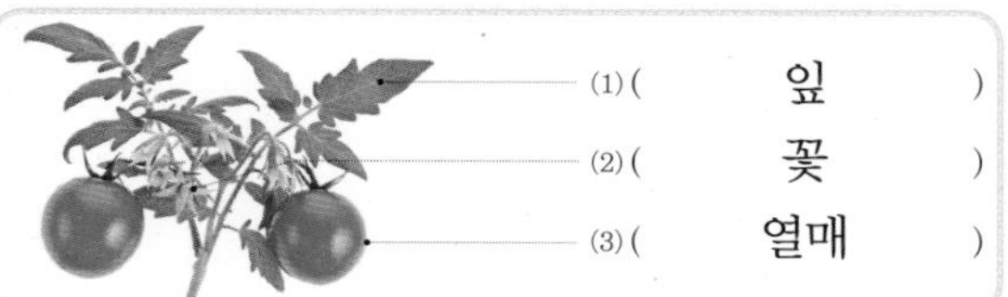

3주 89쪽

1 ① 2 ③ 3 예 먹지 않아도 되니까 식당들이 많이 줄어들 거예요.

1 대부분의 식물은 광합성을 하지만 동물은 광합성을 하지 않습니다.

2 광합성은 식물의 잎에 있는 엽록체에서 이루어지는 활동입니다. 햇빛, 물 등을 이용하여 산소와 양분을 만들어 냅니다.

3주 91쪽

1 해설 참조 2 (1) X (2) ◯ 3 예 식물이 있어서 공기가 더 깨끗합니다.

1

3주 93쪽

1 ② 2 해설 참조 3 예 분무기에서 물을 뿜는 것 같습니다.

1 뿌리로 들어온 물은 줄기를 타고 잎으로 이동하며, 잎의 기공에서 수증기로 내보내집니다.

2

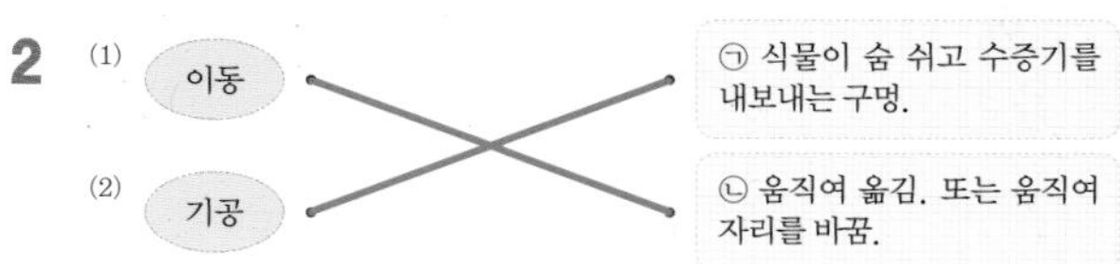

(1) 이동
(2) 기공
㉠ 식물이 숨 쉬고 수증기를 내보내는 구멍.
㉡ 움직여 옮김. 또는 움직여 자리를 바꿈.

3주 95쪽

1 해설 참조 2 ③ 3 해설 참조

1

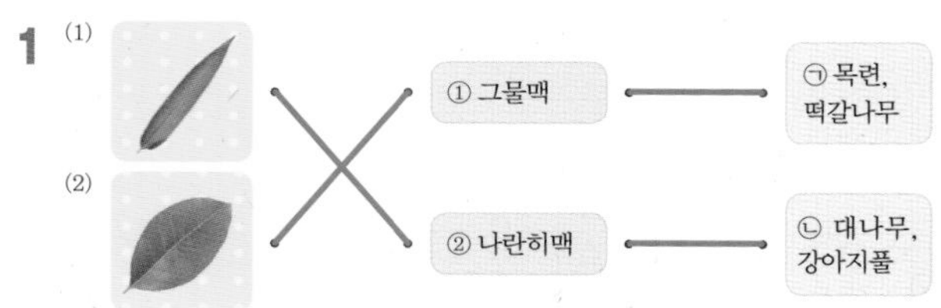

3 잎맥이 나란히맥인지 그물맥인지 구별하여 그려 봅니다.

3주 97쪽

1 해설 참조 2 ③ 3 예 강아지풀의 잎차례는 어긋나기입니다.

1 예

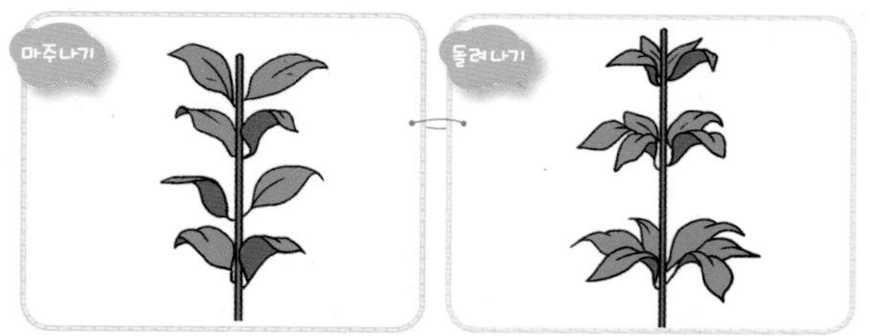

2 민들레의 잎차례는 잎이 뿌리에 뭉쳐 나 있는 모양입니다.

3주 99쪽

1 해설 참조　2 ②　3 예 식물은 똑바로 서 있을 수 없을 것입니다.

1 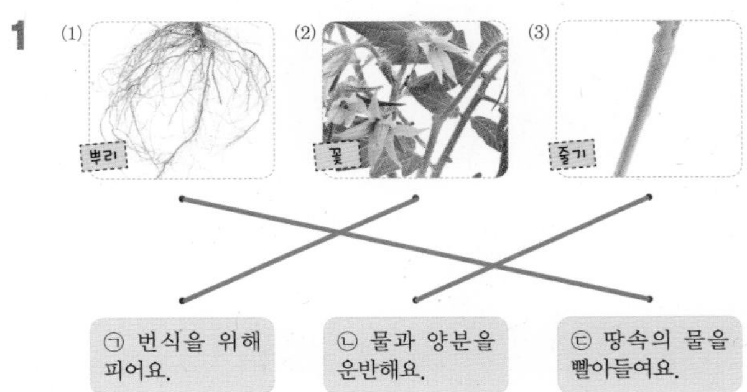

㉠ 번식을 위해 피어요.　㉡ 물과 양분을 운반해요.　㉢ 땅속의 물을 빨아들여요.

2 ①의 딸기와 ③의 사과는 열매이며, ②의 장미는 꽃입니다.

3 뿌리는 땅속의 물을 빨아들이고, 식물이 쓰러지지 않도록 지지하는 역할을 합니다. 또한 양분을 보관하는 역할도 합니다.

3주 100~101쪽　되돌아봐요

1 (1) ×　(2) ○　(3) ×　(4) ○　2 해설 참조
3 해설 참조

2 은행나무는 가을에 누렇게 단풍이 들고 눈 쌓인 겨울이 되기 전에 잎이 다 떨어집니다. 선인장은 잎이 아닌 가시가 나 있으며, 식물이 내뿜는 것은 이산화 탄소가 아닌 산소입니다.

3 

3주 103쪽　궁금해요

예 형광색의 나뭇잎이 있으면 어두운 곳에서도 잘 볼 수 있어 좋을 것입니다.

3주 104~105쪽　내가 할래요

● 해설 참조

● 집이나 학교 주변에서 쉽게 볼 수 있는 식물을 한 가지 골라, 잎의 생김새를 자세히 관찰하여 그려 봅니다.

4주 동시를 써 봐요

4주 107쪽 생각 톡톡

예 이: 이렇게 춥던 겨울이 가고, / 새: 새로운 계절이 왔어요. / 봄: 봄, 봄, 봄이에요!

4주 109쪽

1 해설 참조　2 해설 참조　3 보기 참조

1 시의 사진 속 '나'는 두 갈래로 묶은 머리에, 원피스를 입고, 아이스크림을 먹고 있습니다.

2

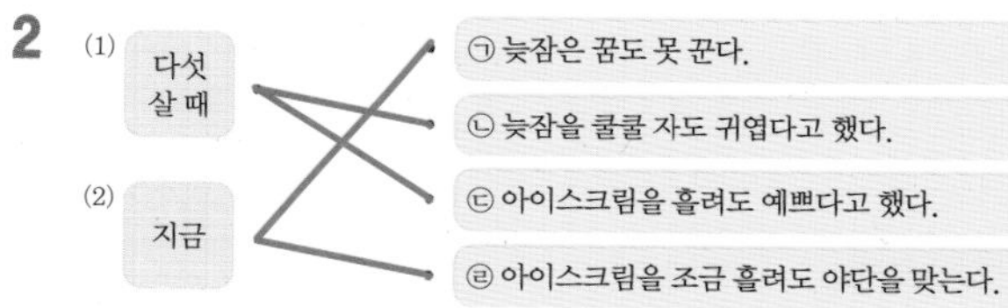

(1) 다섯 살 때
(2) 지금
㉠ 늦잠은 꿈도 못 꾼다.
㉡ 늦잠을 쿨쿨 자도 귀엽다고 했다.
㉢ 아이스크림을 흘려도 예쁘다고 했다.
㉣ 아이스크림을 조금 흘려도 야단을 맞는다.

3 생각 그물은 머릿속의 지도를 그리듯이 생각이 떠오르는 대로 서로 관계있는 것끼리 연결하여 나타내는 것을 말합니다.

4주 111쪽

1 빨래　2 ①　3 예 깨끗해져서 좋은 마음

3 '중심 글감'은 글을 쓰기 위한 재료 중 가장 바탕이 되고 중심이 되는 것을 말하며, '중심 생각'은 시에서 지은이가 말하고 싶은 것(나타내고자 하는 생각)을 말합니다.

4주 113쪽

1 해설 참조　2 ①　3 보기 참조

1

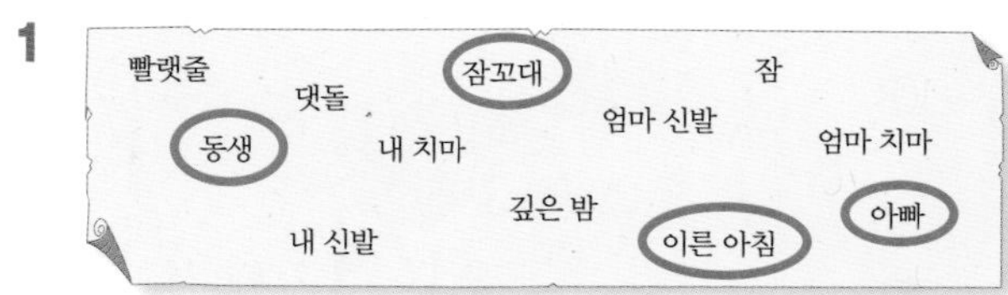

2 중심 생각은 지은이가 말하고 싶은 것입니다. 이 시에는 늘 엄마와 함께하고 싶은 엄마에 대한 사랑이 잘 드러나 있습니다.

3 '엄마'를 떠올리면 생각나는 말들을 써 보고, 연관되어 떠오르는 낱말들을 생각 그물이 되도록 더 연결해 봅니다.

4주 115쪽

1 해설 참조　2 ①　3 예 실과 바늘 – 졸졸, 믿음 – 차곡차곡, 연필과 지우개 – 쓱싹쓱싹

1 친구와 언제나 붙어 있는 모습을 사과와 자석에 빗대어 표현하였습니다.

3 흉내 내는 말은 어떤 사물의 모습이나 움직임, 소리를 흉내 내어 보다 생생하게 표현하는 말입니다.

4주 117쪽

1 ①　2 ③　3 (1) 착한 나무　(2) 운동장에 우리들이 나란히 줄을 서 있음.

2 길에 줄지어 서 있는 가로수와 운동장에 줄을 서 있는 아이들 모습이 떠오르는 시입니다.

3 시의 한 줄 한 줄은 '행'이고, 여러 개의 행들이 모여 하나의 '연'을 이룹니다. 이 시는 2연 10행으로 이루어진 시입니다.

4주 119쪽

1 ② 2 ③ 3 예 신발장

3 신발주머니와 비슷한 역할을 할 수 있는 낱말을 떠올려 봅니다.

4주 121쪽

1 해설 참조 2 해설 참조 3 예 둥글둥글, 울퉁불퉁

1 해님은 반으로 잘린 빨간 수박을 빗대어 표현한 것이고, 해님에 난 검은 여드름은 검은 수박씨를 빗대어 표현한 것입니다.

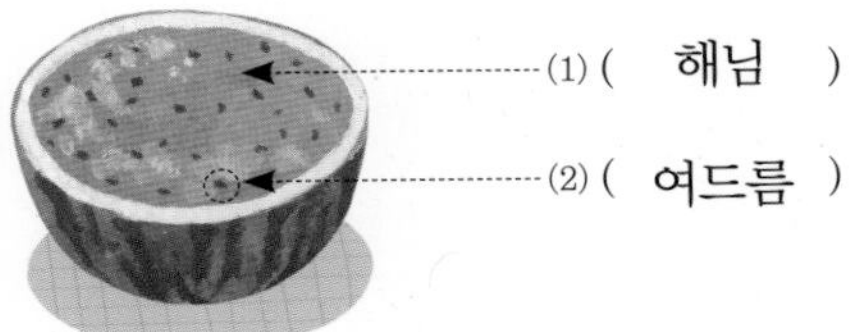

2 (1) 해님 (2) 여드름

3 흉내 내는 말을 사용하면, 시의 내용을 더 생생하고 실감 나게 나타낼 수 있습니다.

4주 123쪽

1 해설 참조 2 예시 그림 생략 3 예 따뜻한 봄바람 불면. / 꽃 피는 봄이 오면.

1 꽃 싹 뿌리 열매 가지 (꽃, 싹에 ○표)

2 사슴의 뿔은 나뭇가지를 닮았습니다. 사슴의 뿔에서 정말 싹이 나고 꽃이 핀 모습을 상상하여 자유롭게 그려 봅니다.

3 사슴과의 대화가 자연스럽게 연결될 수 있도록 어울리는 말을 떠올려 봅니다. 대화 글이 들어가면 시가 더욱 생생하게 느껴집니다.

4주 125쪽

1 ① 2 ③ 3 예 우산 들고 빙글빙글.

3 시의 내용에 어울리도록 비 오는 날에 기분이 좋아서 할 수 있는 행동을 떠올려 봅니다.

4주 127쪽

1 ① 2 예시 그림 생략 3 보기 참조

2 풀씨들이 파란 천을 깔고 그 위에 바람이 꽃점을 찍는 모습을 상상하여 그려 봅니다.

3 바람은 어떤 말로 풀씨들의 잠을 깨웠을까요? 잠에서 깬 풀씨들은 어떻게 했을까요? 시의 내용을 좀 더 자세히 표현해 봅니다.

4주 129쪽

1 ② 2 예시 그림 생략 3 예 긴 꼬리별 / 다 갉아 먹고 / 쥐꼬리만큼 남겼어요.

2 둥근 달이 손톱만큼 남았다고 하였으므로 보름달이 시의 제목과 같이 초승달로 바뀐 것입니다.

3 꼬리별(혜성)은 빛나는 긴 꼬리를 끌고 지나갑니다. 이런 특징을 떠올려 생쥐가 갉아 먹고 난 뒤 어떤 모습이 되었을지 상상하며 표현해 봅니다.

4주 131쪽

1 해설 참조 2 예 (1) 껌뻑껌뻑 (2) 꾸벅꾸벅 (3) 새근새근 3 해설 참조

1
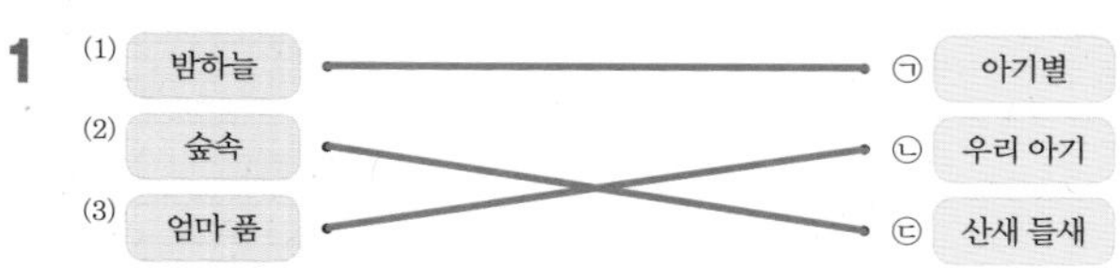

2 바꾸어 써도 시의 내용과 자연스럽게 어울릴 수 있는 흉내 내는 말을 찾아봅니다.

3 밤하늘과 숲속, 엄마 품 외에 다른 장소를 찾아보고, 그 장소에서 잠자는 생물의 특징을 살려 시를 써 봅니다.

예 깊고 깊은 바닷속엔
누가 누가 잠자나?
황금 빛깔 물고기가
뻐끔뻐끔 잠자지.

4주 132~133쪽 되돌아봐요

1 예 빗자루, 환경미화원 아저씨, 바람 2 예 바스락바스락, 뽀드득뽀드득 3 예 빗물이 고이고. / 낙엽이 쌓이고. / 흰 눈이 쌓이고. 4 해설 참조

1 꽃잎, 빗물, 낙엽, 흰 눈을 쓸 수 있는 것은 싸리비 외에 무엇이 있을지 생각해 봅니다.

2 싸리비로 낙엽과 흰 눈을 쓸 때 각각 어떤 소리가 날지 생각해 봅니다.

4 시의 내용이 전체적으로 자연스럽게 연결되도록 덧붙이고 싶은 내용을 써 봅니다.

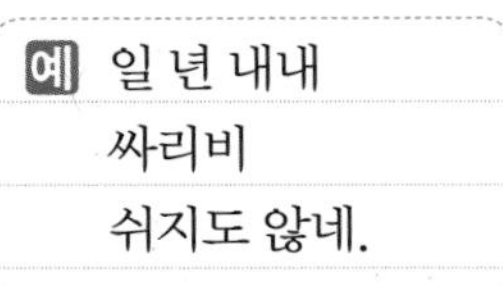
예 일 년 내내
싸리비
쉬지도 않네.

4주 135쪽 궁금해요

예 친구 / 가족 / 방학

● 동시를 쓸 때는 자신이 잘 모르는 글감으로 쓰기보다는 주변에서 경험하고 느낀 일을 글감으로 하여 쓰는 것이 좋습니다.

4주 136~137쪽 내가 할래요

1 (1) 가을 (2) 예 허수아비, 밤 2 (1) 예 눈, 얼음, 눈사람 (2) 해설 참조

2 겨울 들판에서 볼 수 있는 것을 떠올려 보고 그것에 어울리는 색깔, 모양, 소리, 흉내 내는 말 등을 짝지어 써 봅니다.

예 얼음 깨는
소리에
참새 눈이 휘둥그레.

NE 능률

교과 이해력 UP 시켜 주는, **초등 어휘 필수 교과서**

세 마리 토끼 잡는 초등 어휘

세토어로 공부한 아이는 **교과 이해력이 다릅니다.**
세토어는 참고서가 아니라, **어휘 교과서입니다.**

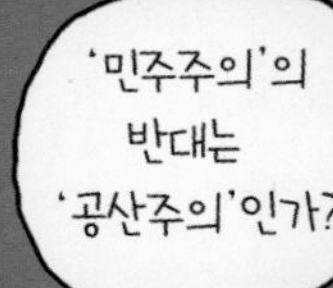

'민주주의'의 반대는 '공산주의'인가?

'민주주의'는 백성이 주인이 되는 정치니까, 지배자가 마음대로 다스리는 '독재주의'가 상대어야.

<세·토·어>를 안 본 아이

<세·토·어>를 본 아이

www.nebooks.co.kr

초등 어휘 교과서 세토어는…?

★ 한자어, 고유어, 영단어 학습을 한 번에!
★ 어휘 학습을 통해 초등 교과 내용 완벽 이해!
★ 한자 활용 능력을 키워 주어, 중·고등 교과 대비도 척척!

5권 구매 등록마다 선물이 팡팡!

세토 시리즈 래빗 포인트

★★ 래빗 포인트 적립하기

포인트 번호

EJM5-6UVM-DD25-I7QH

래빗 포인트란?

NE능률 세토 시리즈 교재 구매 시 혜택을 드리는 포인트 제도입니다. 1권 당 1P가 적립되며, 5P 적립마다 경품으로 교환 가능합니다. (시리즈 3종 포함 시 추가 경품 증정)

포인트 적립 방법

1 세토 시리즈 교재 구입
2 래빗 포인트 적립 페이지 접속 (QR코드 스캔)
3 NE능률 통합회원 로그인
4 포인트 번호 16자리 입력

포인트 적립 교재

- 세 마리 토끼 잡는 독서 논술
- 세 마리 토끼 잡는 초등 독해력
- 세 마리 토끼 잡는 급수 한자
- 세 마리 토끼 잡는 초등 어휘
- 세 마리 토끼 잡는 역사 탐험
- 세 마리 토끼 잡는 초등 한국사
- 세 마리 토끼 잡는 쓰기

★ 포인트 유의사항 ★

- 이름, 단계가 같은 교재의 래빗 포인트는 1회만 적립 가능하며, 포인트 유효기간은 적립일로부터 1년입니다.
- 부당한 방법으로 래빗 포인트를 적립한 경우 해당 포인트의 적립을 철회하고 서비스 이용을 제한할 수 있습니다.
- 래빗 포인트에 관한 자세한 사항은 래빗 포인트 적립 페이지 맨 하단을 참고해주세요.

NE 능률